死神狼の求婚譚

愛しすぎる新婚の日々

CROSS NOVELS

華藤えれな

NOVEL: Elena Katoh

yoco

ILLUST: yoco

CROSS NOVELS

CONTENTS

CROSS NOVELS

CONTENTS

死神狼の求婚譚
愛しすぎる新婚の日々

1　狼《おおかみ》王子の初恋

ある晴れやかな秋の朝、ボヘミアの森に狼の赤ちゃんが生まれた。

ふわふわの毛並みの真っ白な三つ子の狼の赤ん坊たち。

彼らは、森を守る狼の王子さまとして、天から祝福された赤ん坊だった。

「狼の王子さまが生まれたよ。何て神々しい赤ちゃんなんだろう」

「すごい、真っ白で雪のような毛をしているね」

「綿菓子のようだよ。触れていると、とっても気持ちがよくて幸せな気持ちになる」

「心地よさそうに眠っている。本当に綺麗《きれい》な三つ子だね」

この秋、三兄弟が誕生することは、森の奥に住むミミズクの占い師が予言していた。

『もうすぐ狼の王子さまが誕生するよ』――と。

収穫祭の翌朝、輝かしい光に包まれながら、祝福を受けて。

『彼らは、神さまからこの森を守る守護者として授けられる狼の王子たちだ。大切な大切な三つ子の赤ちゃんだよ』

占い師の予言どおり、その日は、まばゆい秋の光にボヘミアの森がきらきらと輝いていた。

エルムやメイプル、ポプラ、白樺《しらかば》、菩提樹《ぼだいじゅ》……といった木々が見事に色づき、森全体が燃えるような赤や黄金色に染まり、夜になると美しい満月があたりを輝かせていた。

空気はとても澄み、洋梨《ようなし》の甘い香りや葡萄《ぶどう》の甘酸っぱい匂《にお》いが森の隅々まで漂い、そのあまりの濃密さに噎《む》せそうなほどだった。ブルーベリーやプラムもあふれんばかりに実っている。

そんな輝かしい秋祭の翌朝、愛らしい狼の三つ子の赤ちゃんが誕生した。


自分が赤ん坊だったころを、狼たちは昨日のことのように覚えている。

長男の第一王子はラディク。

次男の第二王子はペピーク、そして末っ子の第三王子のペーター。

ふわふわ、ころころ、ぬくぬくと、彼らは森中の動物たちから愛され、とても幸せに、おだやかに過ごしていた。

森の王さまと呼ばれている銀狼の侯爵さまに見守られ、大切に育《はぐく》まれて。

けれど、ある日、第一王子のラディクは弟たちに別れを告げた。

「俺……人間になるよ」

それは冬が終わり、翌年の春が過ぎたころだった。

二匹の弟たちは必死になってラディクを止めた。

「ダメだよ、ラディクは第一王子なんだから、ボヘミア王国に行って狼の王さまの王子になるんだよ。そしてぼくとペーターは、銀狼の侯爵さまのところで狼たちを守るリーダーになる。そのために、神さまからこの世につかわされたんだよ、それなのに……」

次男のペピークの言葉に、ラディクはきっぱりと返した。

「でも駄目なんだ、俺……あの人を好きになったから」

あの人――それは、ラディクが人間になりたいと思うようになった原因、先日、火事に巻きこまれた瀕死《ひんし》のラディクを助けてくれた男性獣医師のことである。

彼のことなら、森の動物なら、たいていは知っている。

冬になると、ボヘミアの森にある小さな診療所に来て、周囲にいる犬たちに狂犬病の予防接種を打ったり、家畜の検診をしたり、傷ついた動物の治療や野良猫が無駄に繁殖しないような活動を行なっているからだ。

「ラディク、あの人はラディクのものじゃないよ。動物に親切なだけなんだ、それが仕事だから。ラディクが特別ってわけじゃないいんだ」

「だけど、俺は彼が好きなんだ。あの人がいなかったら、俺はあのときの火事で死んでいた。どのみち、狼の王さまのところに行くことはできなかったんだよ」

「でも、助かったじゃないか。ラディクが生き残る運命だったからだよ」

「運命だとしたら、あの人と会うのが運命だったと思う。ボヘミア王国の狼王のところへはおまえが行くんだ、ペピーク」

ラディクの言葉にペピークは驚愕《きょうがく》した。

「そんな……。だけど狼王のところには第一王子が行くって決まりじゃないか」

この森で狼の第一王子として誕生した者は、狼たちの安住の地ボヘミア王国に行き、そこで狼王に仕えることが約束事となっている。

そして第二王子以下の狼王子たちは、そのまま森に残ってここに暮らしている狼たちのリーダーとして森の守護者となることが生まれる前から決まっていた。

「俺に資格がないときはおまえが行くことになっている。俺は人間に恋をして、人間にしてもらう代わりに、狼王子の資格を失った。もう王国に行くことはできないんだ」

「ラディクは狼王の世界よりもその人を選ぶの？」

「おまえたちにも愛する人ができたらわかるよ。俺、人間になって、あの人を抱きしめられたら、それだけで幸せだから」

清々《すがすが》しくほほえむラディクに、弟たちは不安そうに問いかけた。

「……ラディク……狼王子の資格を返上したってことは……あの契約をしてしまったの？」

「まさか……もう……」

弟たちの疑問を受け、ラディクはこくりとうなずいた。

「そうだよ、狼王子の力を返上し、死神と契約した。人間になるために」

死神と契約――その言葉に、ペピークとペーターは顔をひきつらせた。

「じゃあ、もう死神に魂を売ってしまったの？」

「魂を売るだなんて駄目だよ、ラディク」

二匹が責めるように問いかける。ラディクは笑顔で返した。

「売ったよ。もう俺は狼王子じゃない。ここにいるのは死神狼なんだ」

「そんな……」

「取り返しがつかないじゃないか、魂を売ってしまうなんて。ひどいよ、ラディク、一言も相談しないで……」

王子として生まれた狼は人間の言葉を理解できるが、人間になることはできない。

けれど、ひとつだけその方法がある。

王子の地位を捨てて死神に魂を売り、死神狼となることだ。

そして死神の一員として、あの世とこの世との境で、人間の魂を運ぶ役目を果たすのだが、そのときだけ、一時的に人間の姿になることができるのだ。

死神狼は、一目見ただけで、人間の寿命がわかる特殊な能力も得られる。

さらには相対しただけで、その人間がどんな人生を生きてきたか、瞬時に見ることができる。

だが、心のなかまではわからない。その人間の生きてきた足跡のみが映像のように見えるのだ。

そうして人間社会にまぎれこみ、死神としての役目を果たしていくのが死神狼の役目である。

その仕事をしている間に、愛する人間と魂をつなぎあわせることができれば、愛する相手と寄りそって永遠の時間を生きていくことができる。

けれど想いが叶《かな》わなかったとき、死神狼となった狼の運命は――――。

「ラディク、どうするんだよ、あの人から愛されなかったら……君は」

弟たちの深刻な顔を見ながら、ラディクは澄み切った笑みを浮かべた。

「がんばるよ、愛してもらえるように。おまえたちも元気で幸せに」

ラディクは弟たちに別れを告げ、死神の住処《すみか》へとむかった。

「祈ってるよ。ラディクに祝福があることを。ラディクが真実の愛を手に入れられることを」

「幸せにね、ラディク、さよなら」

ペピークとペーターは、祈りをこめ、愛する兄がボヘミアの森から去っていく姿を見送った。

それが三つ子の永遠の別れとなるのだと実感しながら。

＊

話は、狼の第一王子――ラディクが弟たちに別れを告げる前にさかのぼる。

春の夕暮れどき、チェコの首都プラハの街中にある大学のキャンパスで小さな火災が起きる事件があった。


「――火事だっ！」

突然の火事に遭遇し、消火しようとしたそのときだった。

キュン……。

今にも消えそうな動物の鳴き声に気づき、十和《とわ》は立ち止まってあたりを見まわした。

チェコの首都プラハの高台に、大きな敷地を広げたプラハ総合大学。

その日、十和は、大学内にある大学病院に呼びだされていた。

先日、心臓を悪くして倒れた義父の検査の結果が出たという連絡があり、獣医師として勤務にあたっていた動物病院の休み時間に、義父の入院している病院へとむかったのだ。

『お義父さんは……もうそんなに長くないよ。発作の回数を減らし、できるだけ安静にすれば、三年くらいはもつと思うが、それ以上は……』

担当医からそう告げられ、がっくりとうなだれ、十和はぼんやりと人けのないキャンパスを歩いていたのだ。

明日は休日なので構内に学生の姿は殆《ほとん》どない。とぼとぼと今にも泣きそうな顔で歩く十和の姿が、大学の建物の窓ガラスに映っていた。

さらりとした黒髪、黒々とした眸《ひとみ》、ほっそりとした体軀《たいく》にベージュ色の膝丈《ひざたけ》のコートをはおった二十代後半の若い日本人男性。身長は高くも低くもない。

入院中の義父は、亡き母の再婚相手なので血のつながりはないが、物心ついたときからこの国で暮らす十和にとっては大切な家族である。

十和が獣医師になる道を選んだのも、獣医学者である義父の仕事の影響もあったからだ。けれど、その義父がもう長くない。

心臓が弱くなり、あと数回発作が起きたら命の保証はできないと聞かされ、十和はショックのあまり、どうしていいかわからず、ただ大学構内を行くあてもなく歩いていた。

そうしていつしか大学の片隅にある美術学部のあたりまで来ていた。

高台にあるキャンパスからは、プラハの街を一望することができる。

立ち止まって手すりにもたれかかり、夕暮れに染まったプラハの街と蛇行しながら流れていくモルダウ川にぼんやりと視線を移す。

川のあたりから吹きあがっていく強い風に煽《あお》られ、十和の長めの前髪がはらはらと靡《なび》いていく。春先の風に肌寒さを感じ、肩をすくめたそのときだった。

「火事だっ！」

「見ろ、あんなところから煙がっ」

手すりの下から聞こえた声にハッとして振りかえると、背後にあった美術学部の学舎の裏にある薪《まき》置き場から煙があがっていた。

焦げ臭いにおい。

チェコでは冬場に薪を使う建物が多いため、薪を積んだ物置小屋があちこちにある。そのうちの一つから白煙が立ちこめていた。

「早く通報しなければ」

燃え広がったら大変だ。急いで消防署に電話をかけながら、物置の脇にある消火器に気づいて十和は手を伸ばした。

「……っく……」

駄目だ、使えない。あとはここにある水をバケツに溜《た》めて撒《ま》くしか……と水道の蛇口をひねっている間に薪が積まれた物置全体に焔《ほのお》が燃え移っていく。

まずい、危険だ、すぐに離れなければ巻きこまれてしまう。そう思ったそのときだった。

「……っ」

きゅん……という仔犬の鳴き声のようなものが聞こえてきた。

（今のは……）

十和は耳を澄まし、あたりを見まわした。

薪置き場にそれらしき姿は見えない。それでも確かに仔犬の鳴き声が聞こえた気がして、再度、十和は耳を澄ました。

バチバチと火が燃えさかる音が激しくなっていく。

風が強いため、火の勢いがすごい。

音を立てて落ちていく薪の束。一刻ごとに火の勢いが盛んになっていく。このままだと逃げ遅れてしまう。いや、その前に煙を吸いこんでしまう。

けれど、それでも十和の足は動かなかった。

仔犬の鳴き声が聞こえた——という自分の聴覚に自信があったからだ。

今、十和はプラハ総合大学附属の動物病院で新人の獣医師として勤務し、主にイヌ科の動物を専門としていた。

毎日のように聞いている犬の声。聞きまちがえるわけがない。

「どこにいる、どこにいるんだ、答えてくれっ！」

十和は叫んでいた。

とにかく助けなければ——と十和は、さっき水を溜めたバケツをつかんで焔にかけた。だが、その程度では勢いよく燃えている火を消すことはできない。

空気が乾燥しているせいか、一気に燃えあがって視界もままならない。

そのうち息も苦しくなってきた。吸いこんだ煙にむせながら、もう一度、耳を澄まし、念入りに鳴き声の聞こえたあたりを確かめたそのとき、薪の下に埋もれたようになっている小さな仔犬の姿を発見した。

「いた……」

ふわふわとした真っ白な、小さな仔犬だった。ハスキー犬かアラスカンマラミュートか、この国にいる狼と犬のハイブリッド種のウルフドッグだろうか。

しかし目を凝らした次の瞬間、十和は目を疑った。

「え……っ」

犬——ではない。狼犬でもない。

狼だ、本物の狼の仔だ。この国では、狼は殆ど絶滅している。

プラハのかなり郊外にあるボヘミアの森の保護区以外にはいないはずだ。それなのに、どうしてこんなところに。

(いや、それを考えている余裕はない……一刻も早くこの場から助けないと)

十和は火の粉がかかるのも気にせず、必死に手を伸ばして燃え盛っている薪の下から狼の仔を助けだした。そのとき、手首に薪が落ちてきて火傷《やけど》を負ったが、狼を助けなければという気持ちでいっぱいだったせいか、痛みや熱は感じなかった。

「……しっかりするんだ」

今にも息が絶えてしまいそうなほど弱っている。原因は腹部に刺さった木片だ。命にかかわる怪我《けが》をしている、目もひらいていない。十和は祈るように声をかけた。

「しっかりしてくれ」

狼の仔がうっすらと目をひらく。凛々《りり》しい風貌《ふうぼう》をしたオスの狼だ。十和は笑みを浮かべた。

「よかった、気がついたんだね」

狼の仔がじっと十和を見つめる。きっちりとこちらの言葉を受け止めているような、そんな眼差《まなざ》しに感じ、十和はその背を撫《な》でながらうなずいた。

「ぼくが助けるからね。今から病院に行く。だからがんばって」

キュンと鼻を鳴らし、仔狼は小さな舌先で十和の手首を舐《な》める。

火傷の痕《あと》を癒《いや》そうとしてくれている様子に、意識もしっかりとしているというのがわかり、十和はさらに強い声で仔狼に声をかけた。

「ありがとう。一緒にがんばろう。今、外に出るからね。じっとしていてね」

必死に声をかけながら外にむかおうとした瞬間だった。

崩れかかった物置の梁《はり》が落ちてきた。

「ああ——っ!」

駄目だ。火の粉がかかって目が痛い。喉《のど》も痛い。息ができない。逃げられない。どうしよう、このままではこの仔狼も自分も焔に呑まれてしまう。

(助けなければ。あきらめるものか)

何としてもこの狼を——と思ったそのとき、消防車のサイレン音が聞こえてきた。

助かる。よかった、あと少しだ。

十和は物置の脇——薪が積まれた一角に、小さな窓を見つけると、狼を腕に抱いたまま、そこから外に飛び下りた。

狼を傷つけないよう、できるだけ衝撃が加わらないように背中から芝生の上へと落ちていった。

そんな十和に、救急隊員が心配そうに駆けよってきた。

「しっかりしてください。額に火傷が。早く救急車に乗って」

「ぼくは平気です。それよりこの子を」

「でも火傷をしているじゃないか。手首も真っ赤だ。早く手当てしないと」

「たいしたことはありません。今は彼の生命を助けることを優先します。今すぐキャンパスの反対側にある動物病院に運んでください」

一刻を争う怪我だ。腕のなかにいる狼の息がだんだんと弱まっている。ああ、どんどん彼の体温が下がっていく。血が止まらない。早く治療をしなければ。

「がんばって……お願いだから、がんばって。お願いだよ」

祈るようにその背をさすり、十和は必死になって彼に声をかけ続けた。


「――――がんばって……がんばって……お願いだよ」

あきらめてはいけない。この狼を助けなければ――――。

今にも泣きそうな自分の声で目を覚ました。

はっと目を開けると、自分の部屋の寝室。まだ真っ暗な夜明け前の時間帯だった。

火事のときの夢を見ていたらしい――――。

あれから一年半が過ぎた。

それなのに、十和は今もまだあの火事の生々しい悪夢にうなされることがある。

「また……あの夢か」

十和はベッドで寝返りをうち、小さく息をついた。

火事のときに十和が助けた仔狼は崩れた薪の破片が刺さって内臓に大きな損傷を受けていた。けれどすぐに手術をして助けることができた。

その後は感染症にかかることもなく、一週間もすれば元気になり、十和になついている様子だったが、抜糸をした翌日に、忽然《こつぜん》と姿を消してしまった。

もともと野生の狼の仔だったので、群れにもどってしまったのかもしれない。

いなくなって淋《さび》しさを感じたが、人間と狼とが共生はできないので、助けただけでよかったと思うことにした。

ふつうは群れで暮らすはずの狼の仔がどうして一匹だけプラハの市街地にいたのかはわからない。

いきなり狼の仔が自分であんな場所にやってくるはずはない。

そうかといって家族らしいものの姿もなかった。その後、プラハの街で狼を見かけたという話も耳にしていない。

まるで彼の存在がなかったかのようにいなくなってしまったのだ。

それから一年と半年――。

もうとっくにあの狼は成獣となっているだろう。狼のいる森ですれ違ったとしてもわからないかもしれない。

「……っ……」

そんなことを考えながらベッドのなかでうとうととしていると、夜明け前、枕元《まくらもと》に置いたスマートフォンからメールの着信音が響いた。

昨夜は遅くまで仕事をしていたため、もう少し眠っていたかったが、緊急の連絡だったら……と十和はスマートフォンに手を伸ばした。

メッセージ用のアプリに一件入っている。

十和が働いている動物病院からではなく、隣接する理化学研究所の生命医科学センターで、ディレクターをしている義兄のダミアンからだった。

『出勤前に大学病院の分院に行ってゼマン教授から私宛《あ》てのサンプルをもらってきてくれ。大切なものだ。頼んだぞ』

サンプル？　何のサンプルだろう。首をかしげながら、十和は時計を確認した。

「朝の五時か」

起きるには少し早いけれど、出勤の前にサンプルをもらいに分院に行って、そのあとダミアンのいる理研に寄るとしたらもう起きないと間に合わない。

「まずい、急がないと」

出勤時刻から逆算すると、まったく時間に余裕がないことに気づき、十和はあわててベッドから下り、シャワーブースに飛びこんだ。

東欧の小国チェコの首都プラハ。

母の結婚をきっかけに十和が日本を離れてここにやって来たのは、まだ物心がつく前だった。

チェコがまだスロバキアと分かれる前、チェコ・スロバキアという共産主義国家だった時代、母は大使館職員の娘として、プラハで生まれ育った。

その後、母は両親の帰国とともに日本にもどり、そこでチェコ語の通訳や講師の仕事をしてシングルマザーとして十和を育てていた。

父親はいない。大学時代に妻子ある教師と不倫をし、世間体を重視する親から無理やり引き離されたそうだ。

その後、十和を妊娠していることがわかり、子供を始末するようにと言われたため、母は実家を飛びだし、一人で十和を育てることを決意したらしい。

チェコ語の能力を生かし、通訳や講師の仕事をして十和を育てていたとき、獣医学会のために日本を訪れていた義父と知りあい、恋に落ちてふたりはすぐに結婚してしまった。

相手は妻と離婚したばかりの獣医学博士で、十和よりも七歳年上のダミアンという息子がいた。

母は十和とともにすぐにチェコに移り住んだ。

ともに連れ子を一人ずつ抱えての結婚だったが、義父と母は動物が好きな者同士、気があったようで、とても仲のいい夫婦だった。

けれど十和が十歳になったとき、突然の事故で母はあっけなく亡くなってしまった。

それ以来、十数年、義父は誰かと恋愛することなく、仕事一筋に生きてきた。その義父も心臓の疾患を抱え、もう長くないという。

（義父さんが亡くなったとしても……ぼくが日本に帰ることはないだろう）

外見は日本人そのものだが、十和の国籍はチェコである。

プラハ総合大学の獣医学部に附属している動物病院の獣医師として就職し、義兄のダミアンの結婚と同時に実家を出て、大学の職員寮に入って今ではここで一人暮らしをしていた。

(それにしても……めずらしいな、義兄さんが獣医学部ではなく、医学部の医師からサンプルをもらってくれだなんて)

ダミアンは、臨床の現場で働く十和と違い、同じ獣医学を専攻しながらも、義父の後継者となるべく、研究の道を選んだ。

シャワーを浴び、着替えを済ませると、十和は職員寮を出て、大学の構内にある附属病院の分院へとむかった。

秋風が吹き、はらはらと枯れ葉が石畳を埋めている。

街のなかをゆったりと流れるモルダウ川。

百塔《ひゃくとう》の街、芸術の都、魔性の古都とたたえられているプラハは、世界遺産として登録された古い街並みがお伽噺《とぎばなし》のように残っている。

その古い街並みを見下ろすことができる丘陵の高台にあるプラハ総合大学。

十和がむかった大学病院の分院は美術学部棟の隣にあり、ちょうど国内外で注目されているタペストリーの公開をしているため、大勢の観光客が列をなしていた。

チェコに昔から伝わる『ボヘミア叙事詩』という狼王の伝承をそのままタペストリーに描いた大傑作の修復が終了し、今、その一般公開がされているのだ。

火災があったときに、十和が助けたあの仔狼がいたのは、その美術学部棟の裏に建っている物置だった。

（伝説の狼王のタペストリーのあるところに、野生の仔狼か）

偶然にしても、不思議な感じがした。

この国には、今もお伽噺が息づいているような不思議な出来事が起きるといわれている。

実際、義父や義兄が研究しているのも極秘の内容のものだが、ボヘミアの森で発見された狼や人間の骨から狼と人間とが融合した遺伝子らしきものが発見され、それを解析しているとか。

ただ生きたサンプルがないので、まだ学会では発表できないらしい。

（本当にいるのだろうか。狼人間や狼王という生物が）

いや、おそらく本当にいるのだ。そうでなければ、リアリストの義兄があそこまで真摯《しんし》に研究しようとするわけがない。

そうだとしたら、仔狼は、タペストリーのなかの狼王にでも呼ばれたのだろうか。なにかしら関わりがあるのか。

そんなことを考えながら、十和はゼマン教授のもとに行った。

ゼマンは優秀な外科医ではあるが、大学病院内での地位争いに破れ、今では大学職員たちの保険医的な仕事をしている。

「ああ、よくきてくれたね。これだよ。これをダミアンに渡してくれ。指示された暗証番号で封印しておいたからと」

分院で渡されたのは研究用のサンプルが入った小さなクーラーボックスだった。

金庫のように暗証番号がなければ開けられないタイプのもので、キーの部分に場所が特定できるGpS機能もついた最新式のものである。

「めずらしいですね、義兄さんが医学部にまで仕事を依頼するなんて」

「違うんだ。私からダミアンに持ちかけた仕事なんだよ。一年ちょっと前、ここに運ばれてきた患者の血液に関することで相談をしたら彼が興味を示して」

「ここに運ばれてきた患者？」

「あ、ああ、少し疑問を感じてね。それで……私から彼に連絡をしたんだよ。多分、彼の研究に役立つものだと思って」

義兄の研究……。だとすれば、人狼のサンプルでも見つかったのだろうか。

それとも別のものなのか。一年ほど前といえば、あの小さな狼とも関わっている可能性があるかもしれない。

「その患者というのは、こちらに入院されていた方なんですか」

「そうだよ。ただ行方がわからなくてね。彼が連れてきたんだけど、もう訊《き》くことができないし」

ゼマン教授は、棚に飾られた写真に視線をむけた。教授の家族や子供たちの他に、そこには、清掃員の格好をした一人の若い日本人青年の写真が飾られていた。

「彼は、確か一年前の火事で亡くなったという」

十和はあの仔狼を助けた火災のあと、消火器の不具合や水道にホースがなかったことなどを書面に書いて指摘し、防火対策を徹底してほしいと大学側に訴えた。

だが獣医学部の人間の言葉として軽く受け流されてしまったのだろう、物置が燃えただけのボヤとして片付けられ、防火対策にまで予算をまわせないという返事があっただけだった。

それからしばらくして、今度は本当に大きな火災が起きてしまった。

　一年前、狼王伝説のタスペストリーが完成したとき、宣伝用の広告かなにかの撮影時に火災が起きてしまったのだ。

　そして消火に当たった大学の職員が犠牲になるという痛ましい事故が起きたため、それからは防火対策を徹底するようになったとか。

（あのとき……ぼくがもっと火災の深刻さについてきちんと訴えていれば）

　その写真に写っている日系の青年は、十和と同じように、子供のころに家族とともにこの国に移住してきたらしい。

　一度も話をしたことがないが、異国の地で若くして亡くなった職員のことを思うと、胸が痛み、涙がこみあげてこないときがない。

「……っ」

　手で口元を押さえ、涙をこらえようとしている十和の肩を、教授がポンと叩《たた》く。

「十和くん、自分を責めるのはやめなさい。きみだって、一歩間違ったら、その前の火災で命を失っていたんだから」

「でも……だからこそ……もっとしっかりとぼくが……」

「ちゃんと対策案を出してくれたじゃないか。それなのに何の対応もせず聞く耳を持たなかったのは大学側だ。きみの責任じゃないよ。それに……亡くなった彼は、そんなことを恨むような性格ではなかった。とても優しくていい子だったんだ」

　彼の恋人が怪我をして、病院に連れてきて治療をした——という話は聞いたことがあったが、その患者の血液サンプルの件で、わざわざ義兄に話を持ちかけたのであれば、なにか驚くような解析結果が出たのだろう。

「……皮肉にも、彼の恋人が残したものが重大な結果に結びつくとは思いもしなかったが」

「そんな大事なものをぼくが運んでいいんですか」

「今日、ダミアンのところに政府からの客があるらしいんだ。だから代わりに、きみに頼んだとのことだ。それにきみなら、逆に狙《ねら》われにくいだろう」

「確かに……そうかもしれませんが」

義兄の研究は、ロシアやドイツ、それからアメリカの研究機関と先を争っている。

それもあり、産業スパイに狙われることが多い。

厳重にロックされたボックスではあるが、周りからそれと気づかれないよう、わざと学生鞄《かばん》のようなバッグに入れて留め金をかけ、たすき掛けにして、十和は義兄が勤務している理化学研究所への道を急いだ。

義父と義兄が研究している伝説の生き物――狼王。

怪我をして運ばれてきたという患者がその仲間なのかどうか。見つけられたとすれば、世紀の大発見になるとは思うが。

注意を払いながらキャンパスを歩いていると、前のほうから学生が歩いてきた。

「十和先生、おはようございます」

獣医学部の学生で、愛生《あい》という名の日本人学生だった。正しくは日系ドイツ人とのことだが、十和の同級生で、獣医師の資格を持つルドルフというチェコ貴族の末裔《まつえい》の養子となっている。

「おはよう、愛生。ルドルフは元気にしている？」

「はい、毎日、狼たちと戯《たわむ》れていますよ」

「それはよかった。体調を崩していたみたいだから心配していたんだけど」

プラハから南下した一帯に、ボヘミアの森という広大な森が広がっているが、ルドルフはその森の奥にある巨大な屋敷に住んでいるチェコ貴族の末裔で、森にいる動物たちの保護活動にも力を入れている。

森には、この動物病院の分院があり、学生時代から動物病院の助手をしていた十和は、予防接種のシーズンになると、その分院でルドルフと交代で仕事をしていた。

「十和先生には、彼、とても感謝しています。昨年は、彼の体調が悪かったので、十和先生が代わりにすべてやってくださったんですよね。十和先生、森の動物たちにすごく評判いいんですよ。みんな、十和先生のこと、大好きみたいです」

愛生の言葉に十和は苦笑した。

森の動物の気持ちがどうしてきみにわかるんだ？　と尋ねたかったが、あまりにも明るい笑顔で当然のように言われてしまったため、そうなのかな、そうだったらいいのにという思いになり、あえて否定しようという気にならなかった。

「十和先生、また今年の冬も、分院にこられるんですよね？」

「あ、ああ、その予定だよ」

「良かった、十和先生、ルドルフさまよりも動物に好かれるので助かります」

愛生は、明るく微笑した。彼と話をすると元気になる。生き生きとして、さわやかで、その日本名のとおり、誰からも愛されるような雰囲気の持ち主だと思う。

「確かにルドルフは気難しいからね。でも彼はぼくよりもずっと獣医師として優秀だよ」

十和が笑みを浮かべたとき、すーっと駆けぬける風が前髪を揺らした。愛生が目を細め、心配そうに十和の額に視線をむける。

「あの……火傷、大丈夫ですか」

そこには一年半前の火事のときにできた火傷の痕が残っている。髪は伸びたが、その痕はまだ生々しい状態だ。あとは左手の手首にも。

「あ、ああ、ありがとう、もう大丈夫だよ」

「先生、あのとき、野生の狼を助けましたよね」

「あ、ああ。すぐにいなくなったけど」

「確か、真っ白な狼でしたよね」

「そう、アラスカンマラミュートと間違えてしまいそうな」

「やっぱり」

「心あたりでも?」

「ええ、その狼、多分、ルドルフさまが可愛がっているペーターという狼の兄弟だと思うんです。ペーターというのは、ボヘミアの森にいる狼なんですけど」

「そうなんだ。身元がわからなかったんだけど、じゃあ、あの狼もそこにもどったのかな」

「いえ、もどってないんです。一昨年の秋に生まれた狼の三兄弟なんですけど、一匹だけ姿を見かけなくなってしまって……」

愛生はとても心配そうな顔をしていた。

「行き先、わかりませんか？」

「すまない。ずいぶんさがしたんだけど、まったくわからなくて。学校の防犯カメラに映っていないかも調べたんだけど」

「そこまでされたんですか」

「一応、怪我は回復していたし、その後、狼になにかあったというニュースも聞かないから生きていると思うけど……」

「死んではいないと思うんです。そういうことは、ルドルフさまはよくわかるので」

「そういえば、彼はそうだったね。ボヘミアの森で生まれ育ったから、狼や森の生き物についてくわしくて」

さっきの愛生の発言もルドルフの影響なのだろう。彼は人間よりも動物のほうが近いような、気持ちが理解できるような、そんな感じの男だった。

貴族の血を引いているせいか、いつも古めかしい服を着て、言葉遣いも少し変わっていて、同級生たちと親しくしているところを見たことはなかったが。

「十和先生が怪我を治してくださったのなら安心だと思いますけど、その狼、ルドルフさまがさがしている仔かもしれないので、見かけたら教えてください。じゃあ、ぼくは授業に行きますので」

「あ、ああ」

見かけることがあるのかわからないが、そう答えてしまった。

（多分、もうないだろう。あれから一年半も経《た》つのに、一度も見かけていないのだから）

荷物を手に、十和は理化学研究所にむかう構内の道を歩いた。

紅葉の美しい季節になり、街を覆う楓《かえで》やポプラ、菩提樹の木々があざやかに色づき、透明感のある空気がとても心地いい。

人のいない木陰に差しかかったとき、突然、十和は見知らぬ男数人に囲まれた。

「十和くんだね。ハヴェル博士の義理の息子の」

「――っ」

スーツ姿の数人の男たち。あきらかにこの国の人間ではない。

黒っぽい服を着た冷徹そうな風貌の男たち。そのうちの一人が十和に銃を突きつけてきた。十和は顔をひきつらせた。

「手荒なことをする気はない。その手に持っているものを置いていってくれれば」

産業スパイか。今、『ボヘミア叙事詩』のタペストリーが公開されていることもあり、大学の構内に大勢の観光客が出入りしている。おそらくそのなかにまぎれこんで入ってきたのだろう。十和のまわりに人がいなくなるのを確認し、ここで取り囲んできたに違いない。

「こっちへ来るんだ」

「う……っ」

腕をひっぱられ、男たちに囲まれたまま、今は使われていない校舎の地下へと連れていかれる。

非常灯の明かりもない薄暗い地下への下りていく。

そこは天窓から光が差しこんでいるだけの薄暗い地下の図書室で、ヒビ割れたガラス戸のついた書棚や天井まである本棚が埃《ほこり》をかぶったまま放置されている空間だった。

大柄でいかめしい雰囲気の、いかにもリーダーといった雰囲気の男が十和の前に立ち、あごで床を指し示す。

「そこにあるサンプルを渡すんだ。暗証番号も」

「……知らない、預かっただけだから」

十和が返答すると、中心にいた男は隣にいる男に目配せした。危険な空気を感じ、十和は反射的に後ずさりかけたが、男の一人にぐいっと腕をつかまれる。

「逃げるなっ」

鞄ごとボックスをとられそうになり、とっさに十和がひっぱり返したところ、銃身で強くほおを殴られてしまう。

「あうっ！」

痛みが走り、十和は床にひざをついた。骨まで響くような痛みだった。それでもボックスを抱きしめていると、男たちが背中や足を蹴飛《けと》ばし始めた。

「く……うっ……っ」

頭や腹部に衝撃が加えられ、息もできない。

「おらっ、さっさと吐け！」

「離せっ、くそっ、細いくせに何て力だっ」

男たちの罵声《ばせい》に殺気が帯びてきている。すると、リーダー格の男が彼らの動きを制止した。

「そんなんじゃだめだ。こうなったら撃ち殺せ。暗証番号を知らないなら話にならない。そいつに用はない。ダミアン・ハヴェルを脅せばいいだけだ」

うずくまっている十和に、男の一人が銃をむける。

「……っ！」

本気だ、本気で殺される。

鞄を抱いたまま、顔をあげた十和の額に銃口が突きつけられ、トリガーを引く指の動きが視界に入り、背筋に戦慄《せんりつ》が走ったそのとき——。

「え……っ」

ピキッと天窓にヒビが入る音が響いた。

音を立ててガラスの破片が床へと落ちていく。ハッとして男たちが天窓に視線をむけた次の瞬間、突然、巨大な白い影が図書室に飛びこんできた。

「な、何なんだ、あれはっ」

「うわーっ」

よほど驚愕したのか、男たちの奇声が反響する。

現れたのは、純白の被毛をした美しい毛並みの巨大な狼だった。彼は勢いよく十和に銃をむけていた男の首に飛びついていった。

「うわっ、わっ、離せ、離せ、この野郎っ！」

恐慌をきたした男が必死にもがいて振り払おうとしたそのとき、地下室に銃声が反響する。

「——っ！」

白い狼の身体が吹き飛び、血しぶきがあたりに飛び散る。

そのとき、地下室が大きく揺れた。地震かなにかか、あたりに置かれていた戸棚や本棚がぐらぐらと揺れ、男たちの上に倒れていく。

「呪《のろ》いだ、白狼の呪いだ」

「逃げろ、早くっ！」

「うわーっ」

大きな本棚が次々と傾き、雨あられのように本が飛びだしていったかと思うと、十和の目の前で男たちが次々と本棚の下敷きになっていった。

呪い？　白狼の？

なにが起きたのか、訳がわからず、呆然《ぼうぜん》と床に倒れている十和のところに狼が近づいてくる。銃で撃たれた傷から血を滴らせながら。

「あ……」

大丈夫なのか——と手を伸ばすのと同時に、狼がぐったりと十和の胸に倒れこんできた。

早く助けなければと思ったそのとき、警察が次々となかに入ってきた。

「しっかりして」

「大丈夫ですか、不審者が構内にいると通報があったのですが」

本棚の下敷きになり、意識を失っている男たちを警察が発見し、救急隊員と連絡をとって運びだそうとする。

「きみ、怪我をしているじゃないかっ、早く救急車に」

「あ、いえ、ぼくは大丈夫です。それよりも、この狼を動物病院に運んでください」

一瞬の既視感に、十和はハッとした。

似たようなことがあった。

救急隊員が自分を病院に運ぼうとして、白い狼を先に動物病院へ運んでくれと言った。あれは一年半前の火事のときだが。

白狼の腹部にある銃創《じゆうそう》の周囲を診ているとき、古い傷痕《きずあと》を見つけて、十和は息を呑む。

(これはまさか……)

まさかまさか。期待と焦燥に、鼓動が激しく脈打つ。

この縫《ぬ》い痕に見覚えがある。これは十和が手当てした痕だ。

(では、この狼は……)

ぐったりと意識を失っている狼のほおに十和は手を伸ばした。

「きみは……あのときの狼なんだね。ぼくを助けてくれたんだね」

しかし返事はない。十和は狼の前肢の先をぎゅっと強く握りしめた。

「しっかりするんだ、助けるから、ぼくが必ず助けるから。ずっとずっときみに会いたかったんだよ。きみにたくさん話がしたかったんだよ。だからしっかりして」

祈るような呼びかけに、狼はうっすらと目を開けた。

「……」

天窓からの明かりが彼の、深い海のような青い眸を浮かびあがらせる。

いや、深い海ではない、違う、空のように蒼《あお》い眸……。ああ、やはり——あの狼だ。何て美しい大人の狼になったのだろう。

「必ず助ける。だからがんばって」

もう一度言ったそのとき、救急隊員がストレッチャーを用意して地下室にやってくる。

「急いで、一刻を争う。急いで、彼を動物病院へ！」

助けなければ。一年半前、自分が助けた仔狼との、予想もしなかった再会。

しかもあのときと同じような命の危機……。

再会できた喜びと同時に、彼をもう一度この手で助けなければ——という強い思いが十和の胸に広がっていた。

2　狼との再会

「よかった、無事に手術が成功して……」

一時、狼は昏睡《こんすい》状態になったが、何とか銃弾を摘出することができ、一命をとりとめた。

「よかった、本当によかった」

点滴を打ち、十和は動物病院のベッドに横たわった白い狼の被毛にそっと触れた。

やわらかくて、優しい被毛。うっすらと目をひらく狼に、十和は笑みをむけた。

「もう大丈夫だよ」

話しかけると、なぜか狼もほほえんでいる気がして嬉《うれ》しくなった。

「十和先生、カフェにダミアン博士がいらしてますよ」

しばらくすると、職員が話しかけてきた。

「そうだった、義兄さんに渡すものがあったんだ。待っててくれ、すぐもどってくるから」

狼の手術を急いだため、義兄にはサンプルをとりにきて欲しいとメールを入れ、そのまま獣医学研究室の冷蔵庫に保管しておいたのだった。

「ごめん、義兄さん……遅くなって」

白衣のまま動物病院の一階にあるカフェテリアに行くと、同じように白衣を身につけた義兄のダミアンが窓際の人けのない一角でコーヒーを飲んでいた。

やや濃い色の金髪、碧色《へきしょく》の眸に眼鏡……。長身で、元競泳の選手だったこともあり、神経質そうな風貌とは裏腹に、美しい体軀をしている。

ダミアンは動物学者として名高い義父の後継者の道を進み、理研の次期代表研究者になるといわれている。

学問一筋の義父と違い、企業をスポンサーに据えたり、他国の研究所と連携をとって研究を進めたりと、多方面に手を広げて活動していた。

「これがそれか」

ボックスを義兄に渡し、十和はむかいの席に座った。まわりに人がいないのをしっかりと確認したあと、テーブルに身を乗りだして、十和は義兄に言った。

「義兄さん、今度からはやめて、産業スパイに狙われるような大切なものをぼくに運ばせるなんて。ちゃんと護衛を雇わないと」

「おまえならノーマークだし、安全かと思ったんだが、誰か身近に内通者がいるかもしれん。こちらで調査をするよ。ところで、現場でなにか騒ぎがあったそうだな」

「ああ、地面が揺れて本棚が倒れて、ロシアンマフィアたちが下敷きになったんだ。地震があったのかと思ったけど、観測されていないし……いきなりどうして揺れたのかわからないけど」

「おまえは、よく無事だったな」

「ぼくのところには倒れてこなくて。ちょうどその直前に狼が現れて、助けてくれたんだけど」

「狼が？　白い狼か？　それとも銀狼だったか？」

ダミアンは眉《まゆ》をひそめ、周囲を気にしながら小声で話しかけてきた。

「え、ああ、銀狼ではなく、白だったよ。なにか心当たりでも？」

「あ、いや、狼の呪いのことを思いだして。ちょっとした言い伝えがあるんだ。ボヘミアの森の狼の秘密をさぐろうとした者には、銀狼の怒りを受け、白い狼の呪いがかかるって」

なにかあるのだろうか。そういえばマフィアたちも不思議なことを口にしていた。

呪い、白い狼の呪い――だと。

「めずらしいね、義兄さんが言い伝えを信じるなんて。狼に変身できる人間の件もだけど……非現実的なことは信じないと思っていたけど」

「狼人間も呪いも迷信じゃないんだ。研究をしているからわかる。父さんもそう言ってた」

「義父さんも？　でも今回のは呪いとは関係ないと思うよ。一年半前にぼくが助けた仔狼だったから。治した傷痕がちゃんとあったんだ」

「一年半前の狼が？　やはり伝説の白い狼かもしれないな」

「伝説の？　どうして？」

「父さんの研究に関わりのあるものかもしれない。まだ発表はできないが。……とにかく、十和、その狼のことは頼んだ。あとでどうすべきか連絡するから」

「待って。あの狼は友人がさがしている狼かもしれない。だから義兄さんたちの研究とは……」

「友人？」

「ボヘミアの森の診療所を任されているルドルフだよ。狼の保護をしている貴族出身の獣医師がいるのは知っているだろう？　ぼくが冬に行っている診療所の……」

「ああ、分院の担当医か。だが、ちょっと待ってくれ。狼が回復するくらいまでは誰にも言わないんで欲しいんだ」

「でも、ルドルフの身内に約束したんだ、狼を見つけたときは、彼に連絡をすると」

「だから少し待ってくれと言っているだろう。とても大事なことなんだ。父さんのためにも」

義父さんのためにも。そう言われると困る。

「わかった。では抜糸まで待つよ。いずれにしろ、今、あの狼を動かすことはできないし、ルドルフには、そのときに連絡する」

獣医師として臨床の道を選んだ十和は、義父や義兄がどんな研究をしているのか、その詳細まではわからない。

(それがあの白い狼と関係あることなのだろうか)

どうして関係があるのか、尋ねても、義父や義兄が部外者の十和に語ることはないだろう。それだけ重要な内容なのだ。

「それで義父さんの心臓は？　まさか研究がしたくて、病院を抜けだしたりしてないだろうね」

最近、十和は仕事が多忙で面会時間が過ぎてしまうため、週末にしか病院には行っていない。心臓の手術が成功したものの、余命はそう長くないといわれている。

「一応、今、研究についてはすべて私に任せてくれている。発作が出ると危ないので、時折、報告を聞く程度にしてもらっているんだが」

「それならよかった」

十和がにっこりと微笑すると、ダミアンはふと釣られたように微笑した。

「いいな、やっぱり、おまえの笑顔は……」

「え……」

「ほっとする。昔からおまえの笑顔を見ると気持ちが落ちついたからな」

テーブルにひじをつき、眼鏡の奥の目を細めてダミアンは昔をなつかしむように笑顔で言った。

（義兄さん……）

十和はかすかに視線を窓の外にずらした。

幼いころから、東洋系の外見のせいで、学校ではなかなか友達ができず、人見知りで、いつも一人だった十和に優しく接してくれたのがこの義兄だった。

母が亡くなったあとも、親戚《しんせき》の何人かから十和を日本に帰すようにとすすめられたが、ダミアンが断固反対した。義父も義理の息子を手放す気はないと言ってくれたが、それ以上に十和を守ってくれたのがダミアンだったように思う。

『十和は俺の大切な義弟です。離れるなんてとんでもない。第一、十和には日本にちゃんとした親戚もいないんですよ。物心もつかないうちにチェコにきて、言葉も習慣もチェコに馴染《なじ》んでいるのに、日本に帰すなんてかわいそうだ。俺と父さんで守っていくから』

そう言ってくれたとき、どれほど嬉しかったことか。思わず十和はその場で号泣してしまった。まだ十歳の春だった。

『十和、可愛い十和、大好きだよ。絶対におまえを手放したりしないから。おまえは、俺のそばにいていいんだから』

優しくて頼もしい義兄。それから十和にとって、義兄は世界の中心になったように思う。

そんな彼と身体の関係を持ったのは、いつのことだったか――。

研究所に泊まりこんでいた義父は殆ど自宅には帰ってこなくて、ふたりの世話はいつも通いの家政婦がしていた。

午後七時、夕飯の支度を終えて通いの家政婦が帰っていくと、それからは七歳年上のダミアンと十和だけの世界となった。

ある嵐の激しい夜、心細くて義兄の寝室に行ったことがあった。そのとき、気がつけばキスを教えられて、その次の夜に初めての射精を経験した。そしてそれからしばらくして身体をつなぐようになって……。

そういう関係になったことについて、義兄も十和も互いにどういう意味があるのか口にしたことはなかった。

性的な行為を気持ちいいと感じたことはなかったが、義兄のことは好きだったし、彼の腕に抱きしめられていると、心の底から安心して眠れるので、それに付随する行為として、求められるままに身を任せていたように思う。

だが獣医大学の大学院を卒業したあと、数年間、義兄がドイツのベルリンの大学院に研修に行くことが決まり、二人の関係は解消してしまった。

正しくは自然消滅したというのが正しいかもしれない。

その後、義兄はベルリンにいる間に研究室で知りあった女性と結婚し、十和は大学進学と同時に家を出て学生寮に入った。

獣医を目指したのは、義兄や尊敬している義父の側にいたかったというのもあるが、それ以上に、母と過ごした時間が好きだったというのもある。

生前、母は義父と近い仕事がしたいからと、プラハにきたあと、犬の訓練士の資格をとって飼い主がいなくなった仔犬たちの保護活動をしていた。

『こんなにこの仕事が好きになれると思わなかったわ。こんなに夢中になれるなんて』

自宅の一角にセンターを作り、職員を集めて傷ついた仔犬たちの世話をして、新しい家族の元へ送るために、日々励んでいた。

その一方で、母は警察犬や介助犬、災害救助犬などの育成にも力を入れ、義父も驚くほど精力的な活動していたように思う。

『犬はいいわね。愛したら、愛した分だけ忠実に心で応《こた》えようとしてくれるから』

母はそう言って、十和にもたくさん仕事を手伝わせてくれた。

まだ幼かったこともあり、十和が具体的に犬の世話をしたことはなかったが、仔犬たちのケージを洗ったり、そこに名札をつけたりと、小さな仕事を手伝っているうちに、家族を求める仔犬たちの淋しそうな目に胸が痛くなった。

『たくさん愛したいな。ここにいるワンコちゃんたち、たくさんの愛でいっぱいになったら、淋しい目をしなくなるよね？』

　そんなふうに言うと、母は涙を浮かべて十和を抱きしめた。

『そうよ、たくさんの愛でいっぱいにしようね。お母さんもね、この仔たちみたいに親から見捨てられたの。三人姉妹の末っ子だったんだけど、親の望むようなお利口さんな娘じゃなかったから。でも、お母さんは、パパもママもお姉さんたちも大好きだったのよ。ただ……好きになったらいけない人を好きになっちゃって……それが十和の本当のお父さんなんだけど……十和が生まれるってわかったとたん、娘じゃないって言われて』

『じゃあ、お母さん、ぼくのせいで、お家を追いだされちゃったの？』

『違うのよ、お母さんが十和と暮らしたくて、家を飛びだしたの。そうしたら、今のあなたの義父さんと出会って。これが運命だったのよ』

　母はそう言ったが、自分のせいで母は両親から勘当されたのだということがわかり、申しわけない気持ちが胸に広がっていった。そんな十和の気持ちがわかったのか、母は笑顔で十和を抱きしめ、優しく語りかけるように言った。

『大好きよ、十和。お母さんは今が一番幸せだから。愛する人がいて、愛する人の息子がいて、十和がいて……。今の、この愛にあふれている生活が好き。だからみんなで幸せになろうね。ここにいるワンコちゃんたちも含めて、みんなで』

　そう言いながらも、本当は、きっと母は淋しかったのだと思う。

　故郷の両親から見捨てられたことが。捨てられた犬の世話をすることで、少しでも心の隙間を埋めようとしていたように感じるのだ。

そんな母の動機はどうあれ、一生懸命、犬の世話をする母の姿が十和は大好きだった。

捨てられた犬が日々楽しそうに目を輝やかせるようになっていく様子や、怪我をしてぐったりとしていた犬が少しずつ元気になっていく姿に胸が熱くなり、いつか自分もそうした仕事に就きたいと思うようになったのだ。だから自然と獣医になる道を選んだ。

獣医大学では友人もできたが、あいかわらず人間関係を築くのは下手だった。

誰かに優しくされると嬉しいせいか、獣医学部時代は誘われるままつきあってしまう。けれど長続きはしない。必ず最後に振られるのだ。

『きみ、本気で人を好きになったことがないだろう。十和といると虚《むな》しくなってくるよ。どれだけ抱いても感じてくれないし、綺麗なだけの人形を相手にしているみたいでつまらないよ。浮気しても怒んないし、嫉妬もしてくれないし』

『十和は、自分の淋しさを埋めているだけだ。優しくしてくれる相手なら誰でもいいんだろ』

『きみはただ居場所が欲しいだけなんだよ。自分をあたたかく守ってくれる場所が。それは愛じゃないよ。だからどんなにセックスしても熱くなれないんだ』

ただ淋しさを埋めているだけ、人を好きになったことがない、優しくしてくれる相手なら誰でもいい――そう言われ、ハッとした。

そうかもしれない。きっと義兄に対してもそうだったのかもしれない、と。

(義兄さんのことは大好きだ。でも他の人と結婚したからショックかといえば、そういうわけでもない。こういうのは……恋とは言わないんだろうな)

恋というものがどういうものなのか、十和には今もわからない。

これまでつきあった人たちが言っていたように、自分はきっと誰も本気で好きになったことはないのだろう。

今はどんなに声をかけられても、優しさにほだされたり、甘えたりしないようにと心がけていた。本当に好きになった相手以外とはつきあわないという思いから。

「――じゃあ、狼が回復したら、一度、私にも診察させてくれないか。少し考えがあって」

義兄はコーヒーを飲み終えると、サンプルを手に立ちあがった。

「それなら、研究の内容を少しは教えてくれないと。あの狼はぼくの患畜だから」

「わかった。もう少ししたら、くわしく説明するよ。まだ今は無理だが。おまえにもそろそろ研究チームに入ってもらおうと思っていたから」

「チームって、義父さんの？」

「そう、臨床もいいが、おまえは優秀だし、なにより口が固いし、真面目だ」

「前から言ってるけど、チームには入らないよ。ぼくは臨床にいたいから」

義父や義兄との、揺るぎないつながりが欲しいとは思う。チームに入ったら、家族として以上の、もっと強い一体感が得られるだろう。淋しさを埋めるための、そんなもろもろの感情がないとはいえない。けれど同時に別の感情がある。一人の男としてちゃんと独り立ちしなければ。

たとえ外見が異質でも、チェコが故郷である以上は、ちゃんとこの国で一人で生きていかなければと思う気持ち。

一年半前、仔狼を助けたときのあの喜び。あれがその後の自分を支えている。

あの火事までは、研究チームに誘われると、心が揺れた。けれどあのとき、命を救う手助けの尊さに本当に喜びを感じた。

そして幼いころに、母の作ったセンターで見た仔犬たちの淋しそうな眼差しと、自分が何のためにこの道を選んだのかを改めて再確認したのだ。

少しでも淋しい目をした動物たちを減らす手助けがしたい。なにより消えかかっている彼らの命を救いたい——と。

母が自宅の一角に作ったセンターは、母の死とともにこの動物病院と隣接している保護センターと統合し、今も当時のスタッフが働いている。

今、十和はそのセンターの動物たちの診療や譲渡会の手助けもしながら、日々、獣医師としてめまぐるしく働いている。この仕事に誇りと生きがいを感じて。

そうした自分の道、自分の信念を、淋しさや私情から歪《ゆが》めたくない。

最先端の研究をしている義父や義兄の姿に尊敬の念は抱いているが、どれだけチームに誘われても、臨床医の世界から離れたくはなかった。

それでもやはり狼と義父の研究の関わりについては知りたいという気持ちがあった。

(ぼくが助けたあの狼が研究とどう関わりがあるのか)

それが知りたい。

その研究に関わることで殺人までしようとしていた産業スパイがいるわけや、白い狼を見て「呪い」だと言っていた彼らのことも。

あのときの狼がもどってきてくれた。

十和は白狼の病室に泊まりこみ、しばらくの間、彼の様子を見ながら、彼と手をつないで横たわって眠っていた。

尤《もっと》も大人の野生の狼は危険なこともあるので、普段はケージの鍵《かぎ》を閉めている。他の動物たちと接触しないよう、人間の牢屋《ろうや》に似ているような、檻《おり》のある造りになっていた。

「嬉しいよ、もう一度会えて。またこんなふうに過ごせるなんて夢のようだね。少しの間だけだけど、仲良く過ごそうね。でも長くはいられないんだ。きみが狼でなかったら……一緒にいられたんだけど」

十和が呟《つぶや》くと、彼は喉の奥をググッと鳴らして、十和の手首を舌先で舐めながら身体をすり寄せてきた。

仔狼のころもそうだった。

あの火災のあと、診察のたび、彼は自分の怪我よりも懸命に十和の傷を舐めてくれた。たまらなくなって両腕で包みこむようにして抱きしめると、仔狼はグゥクゥと喉の奥を鳴らし、小さな舌先で十和の手をペロペロと舐めてくれたのだ。

今もそうだ。十和に残る、あのときの火傷の痕を気遣っている。

「言葉がわかるんだね。野生の狼じゃなくて、人間とずっと一緒にいたの？」

問いかけると、狼はじっと十和の顔を見あげたあと、小さくかぶりを振った。人間が物事を否定するときによくそうするように。

（それができるということは、やっぱり人間と関わりがあったのかもしれない）

そんなふうに思いながら、十和は彼に食事を用意した。

「もう傷口もよくなったね。抜糸をするよ」

朝食を食べさせたあと、銃創がよくなってきたので、十和は抜糸の支度を始めた。

「そろそろ退院だね。抜糸したら、義兄さんに一度診てもらって、そのあと、狼を保護している愛生くんにも連絡しないとね。きみが彼のところの狼なのかどうか確認のためにも」

そんな話をしていると、狼は透明な青い眸でじっと十和を見つめたあと、ゆっくりと起きあがり、ぺろりと十和の額を舐めた。

「……きみ……あのときのことを覚えているんだ。だから助けてくれたんだね」

ほほえみかけると、昔と同じように狼は申しわけなさそうな顔で十和を見つめた。

「とっても優しいんだね。でも平気だから、もうそんな顔をしなくてもいいよ。さあ、抜糸をするから横になって」

白い被毛を撫でながら、横たわった白狼の腹部に手を伸ばす。

「きみのほうこそ、ぼくのせいでこんなところに傷ができて。ありがとう、助けてくれて」

そう言いながら縫い糸をひとつひとつ丁寧に切っていく。抜糸を終えると、狼は切なげに十和を見つめ、ゆったりとこちらにもたれかかってきた。

ふわふわとしたやわらかく優しい被毛の感触が心地いい。

あのときから今日まで、一体、どこにいたのだろう。愛生のところでないのなら、やはり別の誰かに飼われていたのか。

それとも動物園か保護団体のもとにいたのか。いきなり市街地に狼がいることもそうだし、そもそも野生の狼がこんなにも綺麗な被毛をしているとは思えない。

「きみが言葉を話せたらいいのに」

抜糸を済ませ、ぼそりと十和が独り言を呟いたそのとき、若い研修中の医師が息を切らしながら駆けこんできた。

「——十和先生、すぐにきてください！　弱っている仔犬が」

「わかった、すぐに行く」

狼の様態が安定しているのを確認したあと、十和は白衣をはおって診療室にむかった。

この時期、避暑地で捨てられた犬たちが見つかることが多い。

夏の間、別荘で飼っていた犬を容赦なく捨てる外国人観光客がいるのだ。

去勢されていないため、そうして捨てられた犬たちが繁殖し、生まれた赤ん坊が交通事故にあったり、なにかで発見されたりして連れこまれることが多い。

その日、運ばれてきた四匹の仔犬は、完全な栄養失調状態で、どろどろに汚れ、アンダーコートにまで泥がこびりつき、うつろな眼差しで身体を寄せあっている。

怯《おび》えることすらしていない、この眸は、これまでかなり哀しい思いをしてきた犬の目だ。こうした目を見るたび、十和の胸は激しく痛む。

母が亡くなったときの自分を思いだす。葬儀の日、鏡に映っていた十和の目はこうして捨てられた犬や猫たちの目ととても似ていた。怯えや恐怖ではなく、ただただ哀しい目。

「大丈夫だ。すぐに回復するだろう。保護センターに連絡して」

「では、譲渡会に出されるのですか？」

「まだ無理だ。免疫力もないし、きちんと訓練しないとダメだから、保護センターでしばらく預かってもらうよ。手続き用の書類を書いておくよ」

「忙しいですね、譲渡会の手伝いもされているのですよね？　ミハル先生の代わりの助手はまだ見つからないのですか」

ミハル先生とは、ここで働いていた見習いの獣医師だが、先日、交通事故にあって入院することになり、数カ月間、休職することになった。代わりに短期の助手を募集しているが、短期ということもあり、応募をしてくる者がいないのだ。

「急なことだし、数カ月だけの助手の応募だから……なかなか見つからないね」

看護助手とそんな話をしていると、今度は交通事故にあった大きなジャーマンシェパードが運ばれてきた。

めまぐるしく一日が過ぎていく。途中で何度か狼の様子を確かめ、食事を与えはしたものの、ゆっくりと彼と過ごすことはできなかった。

「もう大丈夫そうだね。あ、はい、これ、賢く待っていてくれたご褒美《ほうび》」

十和は犬用のビスケットをとりだし、狼に差しだした。小首をかしげたようにしながら、パクッとビスケットを齧《かじ》る姿は、仔狼のころのようで愛らしい。

「ごめんね、なかなか一緒にいられなくて。今、人手が足りなくて……助手を募集しているんだけど、応募がなくて。あ、また行かないと。夜にはもどってくるから。少し待っていてね」

狼にそう説明している間に、再び呼びだされ、十和は診察室へとむかった。

その次は犬の出産、去勢手術、腫瘍《しゅよう》の摘出手術、また交通事故……。

夜になり、ようやく別の担当医と交替したあと、十和はホッと息をつきながら狼の病室へと足を進めた。

抜糸も済んだことだし、その後、義兄からは何の連絡もないし、やはりあの狼についてルドルフに連絡をとったほうがいいだろう。人と暮らしていたように思うのだが、ルドルフなら、そのこともなにか知っている可能性もある。

「お疲れさまです、十和先生、これどうぞ。今日はお疲れになったでしょう。差し入れです」

廊下を歩いていると、看護師の一人が板チョコレートを差しだしてきた。チェコ出身の人気の画家ミュシャの絵が包装に使われている。

「ありがとう」

受けとって、白衣の胸ポケットに入れる。

「あ、それからこれもどうぞ。ブラックラズベリーのキャンディです」

小さな飴玉《あめだま》の紙袋をもらうと、十和は建物のなかの一番奥へとむかった。

「ごめん、待たせて。具合はどうだ？」

今度は急にいなくならないよう、暗証番号式のキーロックをかけていた。だが、十和が病室に入ると、鍵が開けっ放しになっていた。

「どうして……」

誰かがここにきたのか。狼の姿はない。鍵がどうして外れているのか。

「どこにいったんだ、出てきてくれ」

部屋のなかは、勿論《もちろん》、廊下もさがしてみる。だが、狼の姿はない。

どうしよう。仔狼だったときと違い、今では立派に生育したオスの狼だ。

危険だと判断されて捕らえられるようなことになったら大ごとだ。そうして必死に狼をさがしていたそのとき。

「白い狼ならもういない」

廊下に響いた声に、十和ははっとして振りむいた。

窓から月明かりが差しこみ、ちょうどその光を背に佇《たたず》んでいる長身の男のシルエットが白い床に長く刻まれている。

年は二十代半ばくらいだろうか。黒い膝丈のトレンチコート、黒いスーツを身につけた男がポケットに手を突っこみ、こちらを見つめている。

「あの……きみは」

動物病院のスタッフではない、獣医学部の学生とも違う。セキュリティのしっかりしたこの建物のなかに部外者が入ってくることはないのだが、こんな男性が関係者にいただろうか。

長めのさらりとした美しい金髪。冷ややかな雰囲気を漂わせた双眸《そうぼう》、形のいい上品な鼻梁《びりょう》、色香のにじんだ口元。一種独特のオーラとでもいうのか、超然とした風情をまとった、美しくも不思議な空気に包まれた男だった。

「狼はもういない。いなくなった」

ぼそりと呟かれたその低い声に、はっと我にかえり、十和はまわりを見まわした。

「え……どこに」

「あっちに」

彼が視線をむけると、階段の踊り場の窓がひらいていた。

ひんやりとした秋の風が外の香りを運んでくる。十和は踊り場に駆けよって、開いた窓から身を乗りだして外をのぞいた。

あざやかにライトアップされたプラハ城に、市内をゆっくりと流れるモルダウ川。街灯の光が優雅な建物の壁にきらきらと反射するなか、大きな音を立てて市電が路上をよぎっていく。

紅葉した木々に包まれた街を照らすように、月が艶やかに浮かびあがり、石造りの古い都市をきらびやかに照らしている。あの狼は、この夜景の奥の、どこに消えてしまったのか。

「狼の怪我はもう大丈夫だ。心配しなくていい」

後ろから声をかけられ、十和は窓を閉めて階段を下りた。

「でも……どうやって檻から」

「狼が自分で開けた」

「それを見ていたのか?」

「そう」

ぼそっと彼が呟く。

「どうして……止めてくれなかったんだ、窓から逃げたって……狼なんだぞ」

初対面の相手、しかも何者かわからない人物をいきなり責めてどうするのかと思いながらも、そう口走っていた。

「狼は檻のなかにいたくなかった。それだけだ」

「……狼の気持ちがわかるのか」

十和の問いかけに、彼はこくりとうなずいた。

「多分」

多分……。よくわからない返答だが、一体、彼は何者だろう。

少したどたどしい話し方をしているが、外国人だろうか。一瞬、またロシア系のスパイかという疑惑が頭をかすめたが、そうではないだろう、ここにはセキュリティチェックを受けなければ立ち入ることはできない。

「ところで、あなたは、一体……」

そう言いかけたとき、じっと十和の顔を見つめていた彼の視線が胸元へと移動した。そして瞬きもせず、小首をかしげて問いかけてきた。

「それ……なに？」

「え……あ、ああ、これはチョコレートだよ。ただの板チョコだ」

十和は白衣のポケットから、さっき看護助手からもらった板チョコレートを出した。

「板チョコ？　チョコレートは、人間の嗜好品《しこうひん》だ。でもどうして人間の絵が描かれているの？　すごく綺麗な絵だ」

子供みたいに目を見ひらき、男は興味深そうに問いかけてくる。

「これはミュシャのステンドグラスの絵だよ。パッケージにプリントされているんだ」

胸ポケットからチョコレートをだし、十和は月明かりが差しこむあたりにかざした。

「ミュシャのステンドグラスの絵？　聞いたことがある。有名なものだ」

「そう、プラハ城のなかにある有名な聖ヴィート大聖堂のステンドグラスだよ。見たことないの？」

「ない」

当然のように返してくる言い方は、やはり幼さの残る口調だった。

「あなたは、チェコの人だよね？　それとも外国人？」

問いかけると、彼はふっと目を細めて微笑した。

「そう、人だよ、俺は人なんだ。チェコの人。俺はチェコの人だよ」

変な男だ。パリコレクションのモデルでもできそうな、クール系の美貌の持ち主なのに、笑顔で嬉しそうに呟く姿は、どこか幼さが漂い、愛らしく見えなくもない。

「めずらしいね。チェコ人なのにプラハには詳しくないんだ」

「プラハは知ってる。チェコの首都だ」

「あ、まあ、そうだけど」

「だけどステンドグラスを作ったアルフォンス・マリア・ミュシャは、プラハの出身ではない。モラヴィアで生まれ、ウィーンに行き、パリに行った。そのあと、プラハの市庁舎の絵を手がけた」

「あ、ああ、そうなんだ。プラハでの活動はずっとあとみたいだね」

「そう、そしてプラハという街は六世紀の後半にモルダウの河畔に作られた集落が始まりで、プラハ城は千年以上前に建てられた。ボヘミア王カレル一世の時期に発展し、次の国王のとき、１４１５年に宗教家のフスが処刑されたあと、フス戦争が勃発《ぼっぱつ》して……」

「あ、あの、いいから、プラハの歴史は、みんな、学校で習うから」

「学校？　ああ、知識をたくわえるために成人前に人間が所属している組織だ。優秀な人間は成人のあとも大学というところに所属するという」

学校のことをそんなふうにたとえる相手は初めてだ。それにミュシャにしてもプラハの街にしても、教科書を丸暗記したような知識を持っている。

「そう、まあ、そんなものだ」

「それで、あなたは……そのミュシャのステンドグラスが好きなの？」

「あ、ああ、大好きだよ」

「どうして？」

好奇心に満ちた眼差しで問いかけられ、十和は苦笑しながら説明した。

「綺麗だからだよ。プラハにはいろんなステンドグラスがあって、どれもとても美しいけど、ミュシャのが一番好きだよ。あの豊かな色彩感覚、それに人物の表情や題材も」

初対面の相手とこんな会話をしている場合ではない。

この男は何者なのか、そして狼がどこにむかったのか、知っている限りのことを聞いて、あとで防犯カメラでも確認しないといけない。

そんな十和の考えがわかるのか、彼は訊いてもいないのに狼について答えた。

「あの狼は、俺がどこにいるか知っている。彼はルドルフにもダミアンにも会いたくない。彼はまたあなたに会いに行くつもりだ。だからそれまでは、行方はさがさないで欲しい」

「ルドルフとダミアンて……。それを知っているということは、やっぱり狼の言葉がわかるの？」

「そう、多分。そう、わかる」

変わっている、そう思った。さっき、チェコの歴史やミュシャについて話したときは、教科書をそのまま朗読したかのように、言葉に詰まることもなく、難解なことも朗々と口にしていたのに、それ以外のときは、子供が喋《しゃべ》るようにたどたどしく、言葉遣いもとても幼い。

「多分わかるって……あの、あなたは……」

何者なのかと問いかけようとした十和の手のチョコレートを、男は興味深そうにじっと見つめている。瞬きもせず見つめたあと、ちらりと横目で十和を見た。

「それ……好き?」

「チョコレート? まあ、嫌いじゃないけど。あ、好きなほうかな」

「なら、俺も好きになりたい。十和先生と同じものを。食べてもいい?」

自己紹介もしていないのに名を知っている。「十和先生」と言われたことに疑問を抱いたが、白衣にドクター・トワ・ハヴェル……というネームプレートをつけていることに気づいた。多分、それを見たのだろう。

「どうぞ、好きなだけ」

「ありがとう」

男はチョコレートを受けとると、包装紙のついたまま囓ろうとした。

「待って、なにしてるんだ」

十和はあわててその手からチョコレートを奪いとった。

「ダメだよ、パッケージごと食べたりしたら。まずはこの紙をこういうふうにとって、なかの銀紙をはいで食べないと」

「ああ、そうか。人間は食材の鮮度と清潔さと形の保護と商品への購買意欲を上げるため、過剰なまでの包装行為を行う。そうだったね?」

「あ……まあ、そうだけど」

また難解な言葉を朗読するように口にしている。

「一つ、勉強になった。新しいことを経験するのはとても楽しい」

男は楽しげに微笑した。吸いこまれそうな美しい笑みだった。

「めずらしいね。チョコレートの食べ方も知らないなんて」

「チョコレートは初めて食べる」

初めて。そんな人間もいるのか。まあ、中にはいるかもしれないが。

「……そうなんだ。あ、板チョコは、ここをパキっと折って食べるんだ」

「食べさせて」

「え……どうして」

「食べ方、知らない。食べさせて欲しい」

「ぼくが……きみに？」

「十和先生は、狼にご褒美のビスケットを食べさせていた。それなのにチョコレートはダメなの？」

ご褒美のビスケット。では、あれを見ていたのか？　周りに人がいた記憶がないのだが、廊下からのぞいていたのだろうか。

「待ってくれ。きみは狼じゃないし、ぼくの患畜でもないよ。だいいちどうしてご褒美をあげないといけないんだよ」

「あなたが仕事を終えてもどってくるのを、ここでちゃんと賢く待っていたから」

「……えっ、ぼくを待っていたの？」

「そう、あなたを。だからご褒美をもらう権利がある」

「権利と言われても。まあ、いい、チョコレートはあげる。狼にビスケットを食べさせるのを見ていたのなら、食べ方はあれと同じだから、同じように食べればいいだけだから」

「じゃあ同じように食べさせて欲しい。それとも人間には、ご褒美はなし？　そういうことをしてはいけないの？」

「別に……いけなくはないけど」

「なら、食べたい。ビスケットみたいに、十和先生の手から食べてみたい。お願い」

子供みたいな口調で頼まれ、口を開けられると、食べさせないわけにはいかないような気がして、十和は困惑したまま、「わかったよ」と呟いていた。

（まいったな……いきなり初対面の相手にこんなことをするなんて）

弟がいたらこんな感じなのだろうか。そんなふうに思いながら、チョコレートの端を折って、彼の口の前に差しだす。彼はぱくりとチョコレートを食べた。

「おいしい……本当だ、口のなかでパキっという音がする」

感動したように微笑され、釣られたように十和も微笑した。するとその笑みを見ながら、彼は再び口を開ける。

もう一度、食べさせろ……と言っているようだ。

十和は笑みを消し、まいったなと肩で息をついた。

どうして自分が初対面の成人男性に、ご褒美と称してチョコレートを食べさせなければいけないのかと思いながらも、再びチョコレートを折って小さな欠片《かけら》を彼の口元に差しだした。

「おいしい」

満たされたように、また彼が微笑する。

唇の端にチョコレートをつけながら、子供がキャンディを食べるときのように口元をもぐもぐとさせて食べていた。

（こんな綺麗な男性にかわいいと言うのも変だけど……何だかとてもかわいい）

十和はくすっと笑った。

ファッション誌の表紙を飾ってもおかしくないような、凄絶《せいぜつ》に美しい男が子供みたいに口にチョコレートをつけて食べている姿がおかしかったのだ。

「すごい、チョコレートというのは本当においしい。十和先生たちは、いつもこんなおいしいものを食べていたんだ」

「えっ、じゃあ、これまでは？」

「これまでは……兎《うさぎ》と木の実が多かった。鹿《しか》は苦手で。あとはたまに牛や羊も……」

「あ、ああ、ジビエがメインだったんだ。でも牛や羊は一般的だね」

「ここの動物病院の食堂は、カリカリの子牛のカツレツやとろとろのビーフシチューがおいしいと、みんなが言ってるから楽しみにしていた。あとチーズフライや舌が火傷しそうなほどの茸《きのこ》のクリームシチューも食べたい。スーパーで売っているウエハースも食べたい。全部、初体験だ」

チェコの名物料理ばかりだ。シュニッツェル《カツレツ》もグラーシュ《ビーフシチュー》もなにかも。ウエハースも人気のスナックだ。それをこれまで食べたことがないというのはめずらしい。

「どうしてこれまでは食べたことがなかったの？」

「身体に良くなかったので、味のついたものは駄目だった」

もしかして、腎臓《じんぞう》かどこかが悪かったのだろうか。

「チョコレートや味のついたものが駄目だってことは腎臓かどこかの病気だったたってことだよね。今は……もう食べてもいいの？」

「今は大丈夫。生まれてから、ちょっと前まではずっとダメだった。人間の食べ物はすべて」

「長く入院していたんだ」

「入院？　そう、多分、そんな感じ。ずっと人のいないところにいたから」

「そうか。だからチョコレートも食べたことがなかったんだ」

「あの……俺は……ずっと人間の社会のなかで暮らした経験がなくて……いろんなことが少し変かもしれないけれど、でもずっと普通の人間の社会で暮らしたいって思っていて」

やはりそうか。長く病気を患っていたのか。

「そう、それでどうしてそんな人がいきなりここになにを」

「十和先生が助手を募集していると知って」

「じゃあ、面接に？」

男はこくりとうなずいた。

「そう、面接にきた。十和先生のそばで助手をするために」

面接の希望者がいた場合は、先に事務局から連絡がくるはずだが、もしかすると、今日はあわただしくしていたので連絡を聞きそびれてしまったのかもしれない。

「それで待っていてくれたのか。わかった、ではこちらへ」

奥の個室に入り、ソファに座るように指示する。

「そこに座って」

「はい」

「履歴書のデータを」

「ない」

「ああ、じゃあ、事務局から電子で履歴書が送られてきているのか」

十和はデスクのパソコンを立ちあげた。しかしそれらしきメールは届いていない。

「では紹介状は」

「ない」

「ないって……。えっ、ちょっと待って。あの……じゃあ出身校は？」

「学校には行ったことがない」

「そうだった。長く入院していたんだったね」

「十和先生は俺を雇用したほうがいい」

「いいって言ったって」

「理由はこれだよ」

男は立ちあがると、ペンをとり、ホワイトボードに色素分子のリストを書き始めた。

最近、義兄が先を越されたと言っていたアメリカのシカゴ大学が発表した人工的な葉緑体《ようりょくたい》と光子《こうし》を捕まえてエネルギーを励起子《れいきし》へと変換させる理論を次々と書きだしていった。

アメリカに先を越されたことを義兄がひどく悔しがっていたので、彼が極秘でやっている研究がどのような方向にむいているのか何となく見当がついていた。

（すごい、原始細胞のコヒーレント、量子光合成《りようしこうごうせい》……）

丸暗記しているにしてもすごい知識だと感心していると、彼はさらにそれよりも進化した形――葉緑体という植物ではなく、動物の遺伝子を使って、エネルギー体を生みだし、生きていない材料から、植物以上の生きた細胞を創りだす人工ＤＮＡについての理論まで書き始めた。

「待て、それは、まだ未知の……」

十和が声をかけると、男は途中で書くのをやめ、ふりむいて不敵な笑みを浮かべた。

「そう、未知のものだ。だけど、多分、近い将来、発表されるだろう」

「近い将来って……今、その理論がどうしてわかるんだ。まだ世界ではどの機関も発表していない理論だ、いや、どの機関もその証明ができていないもののはずだ」

「簡単なことだ。俺には、この世のなかのことでわからないことはない」

すごい。どうしてそんなことがわかるのか。産業スパイか？　それともなにか思惑があるのか。長く入院していたというが、誰かから個別に勉強を学んでいたのか？

「待ってくれ。そんな知識があるのなら、ここでぼくの助手になる必要はない。もっとしっかりとした研究機関で働くべきだ」

「でも俺はここで働きたい」

「ここでの仕事なんて、大したものじゃないよ。狂犬病ワクチン接種の手伝いや、犬の譲渡会のための健康診断の手伝い……そんなことを望んでいるんだから」

「そんな仕事がしたい」

「だけど……」

「十和先生の義父さん、ハヴェル博士がここにきてもいいと言った。余命わずかの間、俺にいろんなことを教えたいから、十和先生のところでバイトをしろと推薦してくれた」

「義父の……」

どうして義父のことを。しかも余命まで。

「ハヴェル博士のメッセージだ」

男は胸ポケットからスマートフォンをとりだし、そこに入っている動画を十和に差しだした。見れば、画面には義父が映っている。入院中の病室で撮影されたものらしい。

『十和、彼……ラディクのことを頼む。理由があって、くわしいことは言えないが、彼は誰よりも信頼に足る男だ。それに彼はきっとおまえの役に立つ。ＩＱ二〇〇以上の天才的な頭脳の持ち主だ。世界中のどんな生物学者や物理学者よりも優れた知識を持つ』

義父のメッセージ。今日の午後に撮影されたものだ。義父がここまで言うのなら、信頼できる人物だとは思うが。

「義父さんの紹介なのか？」

「そう」

「だったら、最初にそう言ってくれないと。紹介状はないって言うから」

「紹介状ではない。これは紹介メッセージだ」

「まあ、そうだけど」

「それで……俺を助手にしてくれる？」

「え……」

「十和先生の助手になってもいいの？」

　これほどの知識のある者を義父がどうしてわざわざ自分の助手にすすめてくるのか。本来なら、義兄の研究所に送るべきではないのか。ＩＱ二〇〇以上なら尚更《なおさら》そうすべきだ。

「助手って……どうしよう」

　義父の真意がわからない。けれど彼の知能指数や明晰《めいせき》さを知りながらも、わざわざこちらにと言ってきているのだとすれば、義父には義父なりになにか深い理由があるのだとは思う。何の考えもなくするような人物ではない。見舞いに行ったときにでも理由を訊こう。

「ダメなの？」

「あ、いや、いいよ」

「本当に？」

「ああ、ぼくのところで働くのなんてもったいないと思うけど、数カ月だけだし、社会生活に慣れるためにはいい期間かもしれないね。名前はラディク……何というんだ？」

「ラディク、ただのラディクだ」

「だから名字を……どこのラディクなのか」

「ラディク……ムハ」

「ムハ。ラディク・ムハね。ミュシャのチェコ語読みだ。同じ名字なんだ」

「そう、あなたの好きなミュシャ。あなたの好きな人の名前」

「年齢は？」

「多分、二十五歳くらい」

「多分て。誕生日は？」

「秋だということしかわからない。収穫祭のあとだったと聞いた」

孤児なのだろうか。孤児の上に、重い病気で、長く病院で療養していたのかもしれない。

そして知能指数があまりにも高いため、里子には出さず、特別な人物として病室で勉強をさせたという可能性が高い。

これほどの頭脳の持ち主なら、そういうこともあり得るだろう。義父の研究は文化人類学とも関わりがあるので、そうした関係筋から、このラディクという青年のことを頼まれたのかもしれない。

「わかった、では二十五歳ということで。で、住所は？」

「ない」

「え……どこに住んでいるんだ」

「どこにも住んでいない。これから十和先生と住む」

「待って、ぼくと住むって言われても、ぼくは職員寮に」

「ハヴェル博士から、十和先生と一緒に博士の家のプールのあるあたりに住むように言われた」

「あ、ああ、わかった。実家か」

義兄夫婦が五階建ての最上階を使っているが、それ以外のフロアは空いている。

「十和先生は、まったく実家に帰らない。だから博士はとても心配している。ご飯もちゃんと食べない、健康に無頓着《むとんちゃく》で仕事しかしていない。もっと人生を楽しんで欲しい。しばらく俺が人間社会に慣れるまで、そこで一緒に暮らして、ふたりでたくさんのことを楽しむといいと言った」

「義父がそんなことを？」

「そう」

義父は彼が亡くなったあと、十和がこの国でちゃんと暮らしていけるのかいつも心配している。義兄とその家族、さらには使用人たちともっとうまく暮らしていけるようにと思って、そんなことを提案したのかもしれない。

「きみは……義父からものすごく信頼されているようだな。実家でぼくと一緒に住むようにという伝言を託すなんて」

「ハヴェル博士と契約したから」

「契約？　ぼくの助手になるという契約を？」

「そう、彼が亡くなるまで。それまであなたと彼の仕事を手伝うという契約」

「ああ、そういうことか」

表むきは十和の助手という形をとりながら、義父は、この少し風変わりだけど、明晰な頭脳の男に社会生活を経験させ、いずれなにか大掛かりな研究をと考えているのかもしれない。それならこの奇妙な提案も納得がいく。

「わかった。では、今後のことは実家に帰ってからゆっくり相談しよう。狼のことは……本当にきみを信頼していいのかな？」

「狼のことは俺が一番よくわかっている。誰にも知らせないで放っておいてくれ。彼はまたあなたに会いにくる」

会いにきてくれるのだろうか。

できれば会いたい。彼と狼がどういう関係なのか、謎《なぞ》だらけだが、義父からの推薦ならば信頼しても問題ないだろう。

そう思い、十和は彼を採用することにした。

3　不思議な青年

――ダミアン義兄さんへ。あの狼は知りあいの狼だったので、義兄さんの研究にもルドルフのところとも関係がないと判断し、手放しました。

義兄にメールを送信したあと、今度はルドルフにメールを書く。

――ルドルフへ。白い狼は、また行方不明になったが、新しく助手として雇った男性がくわしいことを知っているみたいなので、またなにかわかったら連絡する。

そう記したあと、十和は駐車場に行き、ラディクを車に乗せて大学から車で十五分ほどのところにある実家へと連れていった。

プラハは世界遺産にも登録された人気の観光都市ということもあり、丘陵にそびえるように建つプラハ城を始め、中世から続く街中の名所旧跡がライトアップされ、いつも人工の光が絶えることがなく、街が完全に暗くなることはない。

そのプラハ城の丘陵から空港方面へとむかうところに閑静な住宅街があり、その一番奥、モルダウ川の支流や広大な葡萄畑を見渡せる大きな邸宅が義父の邸宅であり、十和の実家だった。

通いの使用人に部屋の用意を頼み、しばらく自分と助手がそこで暮らせるようにして欲しいと頼んでおいた。

義兄の妻のフリーデがドイツに帰っているので、十和たちが暮らしても大丈夫だろう。

尤も彼らが居としている最上階のフロアにさえ行かなければ、会うこともめったにないのだが。ダイニングもリビングも何もかもフロアごとに独立しているのだから。

「さあ、入って」

二階のフロアの奥にある自分の部屋と、そのむかいの客間へと進む。

「こっちの部屋がきみ用、こっちがぼく。きみの部屋には、ベッド、クローゼット、書棚、WI-FI《ワイ・ファイ》、それから専用のバスルームがある。自由に使ってくれ。通いの使用人がいるから洗濯やベッドメイキングの心配はないから」

「ありがとう」

ラディクは興味深そうに部屋を見まわしたあと、ふわっと微笑した。

「朝食は、いつも一階で食べる。きみもよかったらそこで。この前の階段を下りていくと屋内プールとジムがある。昔は、競泳をやっていた義兄がよくトレーニングに使っていたんだが、今はあまり使っていない。健康のため、自由に使ってくれていいから」

「十和先生も使う?」

「たまに」

「なら、俺も。一緒に泳ぎたい」

「そうだね、休日にでも。それから出勤は、しばらくぼくの車で一緒に。ただ、きみも自由が欲しいだろうから、慣れてきたら自分で好きに動いていい。これが家の鍵だ」

彼に鍵を渡したとき、義兄ダミアンが玄関に現れた。

「ただいま。狼の件のメール見たよ、どういうことなんだ」

研究所からそのまま帰ってきたのか、ダミアンは白衣の上にコートをはおっていた。

問い詰めるように十和の肩に手をかけ、怒気を含んだ声で訊いてきたが、背後にいるラディクの姿に気づき、気まずそうに手を離した。

「その件は後で。十和、父さんがおまえに助手を紹介したって言ってたけど……彼のことなのか」

使用人にコートを渡し、ダミアンはちらりとラディクに視線をむけた。

「そう。よろしく。今日から博士の紹介で十和先生の助手になったラディクだ」

ラディクはダミアンの前に手を差しだした。

「あ、ああ、よろしく」

そのとき、ラディクは眉をひそめた。そして手を離すと、淡々とした口調で言った。

「ダミアン博士、この前、発表した量子のもつれの概念の組み合わせ、二つの粒子《りゅうし》の重ね合わせについて、ダミアン博士たちの研究のままだと、時間にズレがある。あれは瞬時に同時にやったほうがいいから」

「え……」

突然のラディクの発言に、ダミアンと十和が同時に驚きの声をあげた。

「どうしてそんなことがわかる」

ダミアンが震える声で問いかける。

「論文を見たらわかった」

「わかったって……だがあれは難解で、これまで誰にも解析できたことのないデータをようやく発表したんだぞ。さらにその先のことがどうして」

十和はダミアンに説明した。

「彼にはわかるんだよ、義兄さん。シカゴ大学の遺伝子の研究、それも彼らの発表した植物ではなく、動物で可能な方法が」

「バカな……」

「だから義父さんが推薦してきたんだ。ＩＱ二〇〇の天才なんだから」

「父さんの？　じゃあ、もしかすると、きみは特殊な機関から派遣された者なのか」

「そう、特殊な機関……多分……そう」

視線をずらし、気まずそうに口ごもっている。そういえば、具体的なことに触れると、彼は「そう」「多分」しか口にしない。

「そんなに優秀なら十和のところではなく、私のところにこないか。理研では、きみのような人材をさがしているんだ」

「行かない」

「どうして」

「数カ月間、十和先生の助手になる。それが俺の希望だ。ハヴェル博士ともそう契約した」

「だが」

「契約は契約だ。これ以上、ダミアン博士と話すことはない。疲れたので、寝る」

ラディクは素っ気なくそう言うと、自分にあてがわれた部屋へとむかった。

「あれは何者なんだ」

「だから言っただろ。義父さんの紹介で、助手に決まったって。ここにも、義父さんが部屋を用意しろと。あと、狼の件も彼しかわからなくて」

「狼の件も？」

腕を組み、ダミアンは困ったようにため息をつく。

「一体、何者なんだ」

「ぼくには……それ以上のことはなにも」

「……わかった、明日、病院に行って義父さんに尋ねてみるよ。もし義父さんが理研に推薦してくれたら、彼を連れていく。いいな」

ダミアンは十和の肩をつかみ、当然のように言ってきた。高圧的な命令口調。昔のような優しさはない。

支配的で、十和に有無を言わせないようになった。いつから義兄はこんなふうに変わったのだろう。

「いいな」

「あ、ああ。義父さんに従うよ」

「それにしても……フリーデがいないときでよかった。あんないい男が家にいたら、自分のベッドに誘いこむだろうな」

フリーデとは、彼の妻のことである。ドイツ出身のバイオ生物系の学者で、大学院で教鞭《きょうべん》も取っていて、義兄よりも二つ年上だった。

「義兄さん、冗談でもそんなことは」

「冗談じゃないさ。勤務先で有名な話だ。あいつが若い男をとっかえひっかえだというのは」

「待ってよ、いいの、それで」

「いいさ。近いうちに離婚する」

「え……」

見あげると、ダミアンは目を細め、十和のほおに手を伸ばしてきた。

「綺麗だな、いつ見ても神秘的で、儚《はかな》げで。この淋しそうな眼差しがたまらない」

「義兄さん……もうそういうことは」

「おまえが女性だったらな。それならおまえと結婚していた。同性婚も認められるようになったが、まだ学者の世界では出世の妨げになるので、できなかったが」

「結婚なんて。ぼくたちのことは昔の話だろう」

あきれたように言う十和のあごに手をかけ、ダミアンが唇を重ねてきた。唇が重なり、こじ開けられそうになった瞬間、とっさに十和は顔をそらした。

「待って……駄目だ、こんなことは……」

「結婚してはっきりわかったんだ。お前への気持ちに。おまえしか抱きたくない、おまえ以外、欲しいという気持ちにならない。またおまえを抱きたい。駄目か？」

十和は困った顔で義兄を見つめた。

「駄目だ。義兄さんとぼくとは……十年前、義兄さんがドイツの大学院に行ったときに終わったんだよ。いや、終わったもなにも……最初から約束があったわけでもないじゃないか」

「後悔している。どうして、あのとき、もっとおまえへの気持ちと真剣にむきあわなかったのか。愛している、俺を待っていてくれ……と伝えなかったのかと」

「義兄さん……」

「あのころは研究者になることに必死で、とにかくドイツの大学院に進むことしか頭になかったんだ。フリーデと知りあったのもそのころで。優秀な動物学者の彼女となら、研究者同士、いい関係が築けると思ったんだ。だが……愛じゃなかった。好きなのは、おまえだったんだ」

「だからって……もう昔にはもどれないよ。それに義姉さんをドイツからチェコに連れてきたのは義兄さんだ」

「責任があるっていうのか。若い男と遊んでばかりいるような女だぞ」

「そう言われても……ぼくには。もうその話はやめよう。義父さんの病気が深刻なときに」

「そうだな。これ以上、義父さんの心臓を悪化させないよう、フリーデと離婚するにしても、もう少し先にするつもりだ」

ダミアンはポンと十和の肩を叩き、背をむけた。

義兄の背を見ていると、胸が痛む。彼が触れた唇を指でなぞり、十和はかぶりを振った。

義兄を好きなのか？

いや、それはない。恋人が欲しいわけでもない。別に誰かと触れあいたいわけではない。

義兄のことは好きだ。幼いころから憧《あこが》れの人ではあった。けれど恋ではない。恋や愛がどんなものなのか、本当にところ、十和にはわかっていない。

ただ義兄はとても優しかったし、彼の腕に抱きしめられていると、一人ぼっちで異国にいる淋しさや心細さから逃れられた。

淋しかったから。母が亡くなり、この国でひとりで生きていくのが淋しかったから。多分、大切にしてくれる相手がなによりも愛しかったのだろう。

『十和は本気で人を好きになったことがないだろう。十和といると虚しくなってくるよ』

『自分の淋しさを埋めているだけだ。優しくしてくれる相手なら誰でもいいんだろ』

以前につきあっていた男性たちから言われた言葉を、ふっと思いだす。

（だめなんだ、相手の優しさに甘えたら。それは愛じゃないから）

淋しさを埋めるように、居場所を求めるように、他者からの手をとってしまっても、よけいに孤独になるのだということが今ならわかる。

今も孤独でないかといえば、あいかわらずひとりぼっちのままだ。結婚もしていないし、恋人もいない。

けれど心のなかに、昔のような淋しさはない。ひとりで生きていけるだけの仕事があり、自分を必要としてくれる居場所があるからだろう。

あの火事で狼を助けてから、動物の医者になりたいという己の気持ちの原点に返り、この一年半、がむしゃらにやってきて、今の自分がいる。

義兄が自分の部屋のフロアにむかって階段をあがっていくと、ラディクが部屋から出て、十和の部屋にやってきた。

「十和先生、俺は絶対にダミアンのところには行かない。ハヴェル博士との契約は、十和先生の助手になることだ。だから行かない」

「行く行かないは、きみの自由だよ。義父とどんな契約をしたのかわからないが、ぼくの助手になる契約をしたのなら、ぼくのところで働けばいい」

「そうする。十和先生もそれを望んでいる?」

「きみの頭脳はもったいないし、申しわけない気持ちもあるけど、実際のところ、人手が欲しくて困っていたんで、きみがきてくれるのならとても助かるよ」

「よかった。ところで、それは?」

ラディクは、十和がテーブルに置いた袋をちらりと一瞥《いちべつ》した。

「ああ、職員からもらったキャンディだ。欲しいのか?」

「欲しい」

「どうぞ、好きなだけ」

十和は袋を渡した。まさか飴の食べ方もわからないのかと思ったが、案の定、彼はそのまま口のなかに放《ほう》りこんで喉につかえさせてしまった。

「なにをやってるんだ、きみは。チョコレートだけじゃなく、飴も初めてなのか?」

「そう、食べたことはない。そんな大きくて硬いもの、喉に通るの?」

「ああ、これは口の中で転がして、溶けだしてくる味を楽しむものなんだ」

「知ってる。でも口の中での転がしかたがわからない」

「そうなんだ」

「食べたい、教えて欲しい」

教えて……。

「わかった、見本をみせよう、こんなふうに食べるんだ」

十和は飴を口のなかに放りこんだ。同じようにするのかと思ったが、彼は口を開けてそのまま十和の飴をそこに入れてくれと指で指示する。

「駄目だよ、ぼくが口に入れたものなんて」

「俺、十和先生が食べたものが欲しい」

「駄目だ」

「どうして駄目なの」

「駄目なものは駄目だ」

「じゃあ、口移しで」

「それはもっとよくないことだ」

「どうして」

「……口移しでなんて……恋人同士くらいしかしないよ。口と口だなんて……好きじゃないとしないものだ。だから、今日会ったばかりのきみとできるわけないだろう？」

「わかった、じゃあキャンディを食べるの、あきらめる。十和先生が食べさせてくれるときまで、俺は絶対に食べない」

ラディクは飴の入った袋をポケットにしまった。

「困ったことを言わないでくれ。きみはちょっと変だよ」

するといきなりラディクは変なことを問いかけてきた。

「十和先生は、ダミアン博士が好きなの？」

「っ……どうしてそんなことを」

「十和先生、あの男と口と口をつけていた」

「……見ていたのか」

「ダミアン博士は十和先生を愛している、また抱きたいと言った。十和先生の気持ちは？」

十和は恥ずかしさにほおが熱くなるのを感じ、ラディクから視線をずらした。

「そ……そんなこと、訊かないでくれ。きみには関係ないだろう」

「知りたい、ダミアン博士が好きなの？」

「好きであろうとなかろうと、それをきみに言う必要はないだろう。義兄とぼくのプライベートはきみにはなにも関係ないんだ。きみとは今日会ったばかりなんだぞ」

十和がきっぱり言うと、ラディクは傷ついたような顔をした。

「ごめん」

じっと十和の顔を見つめ、今にも泣きそうな顔でそう言った。

「ごめん。俺は……さっきも言ったけど、少し……人間社会に慣れていなくて……こんなふうに人と話をすることも少なくて……」

「あ……」

そうだった。入院していたようなことを聞いた。

「ずっと……暗い森のなかにいるか、病院の檻のようなところにいるかのどちらかで……だから人間社会でどうすればうまくやっていけるのかわからなくて……それで」

切なそうに、とても申しわけなさそうに言われ、十和は胸が痛くなるのを感じた。

チョコレートを食べるのも飴を食べるのも初めてで、さらには味がついたものを食べたこともないと言っていた。

腎臓かどこかが悪くて入院していたのだろう。檻とは無菌室のことに違いない。それまでは森のあるところで暮らしていた。だから世の中のことをよく知らないというわけか。

「頭のなかの知識はどこで」

「これは……じっとしていたら、頭のなかにいろんなものが入ってきて」

「インターネットで勉強したのか」

「そう……多分、そんな感じ」

「それで義父と知りあったのか。義父も入院しているから」

「そう、ハヴェル博士の余命が短いことを知って、それで彼と契約することになった。彼は十和先生のところで働きたいのなら働けばいいと言った」

「じゃあ、きみはもう健康になって、働けるようになったのか」

「そう。ここでふつうの人間として働けるように」

ふつうの人間……。さっきから彼が使っているその言葉が十和はとても気になった。多分、彼はずっと入院していて、無菌室に閉じこめられ、検査やいろんなことで自分がふつうの人間らしくない生活をしていると思いこんできたのだろう。

「ふつうの人間として働いて、ふつうの人間としていろんなことをやってみたい。十和先生のそばでいろんなことが知りたい。ずっとそう思っていた。そしてそのときがきた」

「ぼくのそばで？　前から知ってたの？」

「知ってる、十和先生のことなら」

じりっと十和に近づき、まばたきもせず蒼い目でじっとこちらの目をのぞきこんでくる。不躾《ぶしつけ》なほどまじまじと。

十和は息を詰めた。

チェコには美貌の男性を比較的よく見かけるが、これほどの麗人をこれほどまでに間近で見るのは初めてだった。

あまりにも美しくて魔性の生き物ではないかと思うほど、蠱惑的《こわくてき》なまばゆさに満ちていて、見ていると勝手に鼓動が高鳴ってしまいそうだ。

「……知ってるって……それ……いつから?」

「火事のときに、好きになった。あなたに憧れて、それであなたのそばにいたいと思って」

「火事……見ていたんだ」

「そう、あのとき、あなたが励ましたから、あの狼は助かった」

「当たり前のことをしただけだよ。好きになってもらうようなものでは……」

言いかけた十和の唇を、ラディクの手が止め、彼の蒼い眸がなやましく十和を捉《とら》えている。

「……っ」

視線を外すことができず、同じように十和はラディクを見つめた。

そのとき、気づいた、ラディクから馥郁《ふくいく》とした香りがすることを。甘い洋梨のような、いや、甘酸っぱい葡萄のような、それでいて深い森の菩提樹のような……どこか神聖で、秘めやかで、それでいて果実が爛熟《らんじゅく》したときを思わせる甘美な香りだった。

「俺には特別なことに感じられた。……あのときからずっとあなたが好きだから」

「好きって……っ」

「あれから一生懸命、人間社会で生きていけるように努力することにした。ようやくふつうに外を出歩けるようになって、十和先生と話ができて、今日はチョコレートも食べられた。とても楽しい」

にっこりと微笑する彼の笑みに、十和は釣られたように笑った。

「……もっと人生には楽しいことがあるよ。健康になったのなら、これから少しずつ経験していけばいい。たくさんの人との出会いもある。ぼくなんかよりも素敵な人も現れると思うよ」

「現れない。俺には十和先生が最高に素敵だ。俺は十和先生と経験したい。何でも一緒に」

「一緒に……と言われても」

「ハヴェル博士は、十和先生がいっぱい教えてくれると言っていた。生きる歓《よろこ》びを俺に与えてくれるはずだと」

「義父さんがそんなことを……」

「だから教えて」

すがるように言われ、十和はうなずいていた。

「……どうすればいいかわからないけど……ぼくにできることなら」

「ありがとう」

何だろう、どうしてなのか拒否できない。入院中の義父からの紹介というのもあるが、それ以上に、彼がどこか淋しそうだからかもしれない。

ダミアンを驚愕させるほどの知識を持ちながら、チョコレートや飴の食べ方を知らない。社会のことをなにも知らない。

これほど美しく、これほど知識もあるのに、会話が下手で、ふつうなら質問しないようなことをストレートに訊いてきてこちらを戸惑わせてしまう。

「じゃあ、今夜はもう遅いから。明日から仕事のサポートを頼む」

「はい、おやすみなさい」

安心したように微笑する。どこか淋しそうな雰囲気は、やはり捨て犬に似ている気がするせいかもしれない。いなくなった狼の代わりに現れた不思議な男。

「おやすみ」

部屋に入ると、十和はベッドに横たわった。


「……っ！」

耳元で聞こえた内線電話の音に十和ははっと目を覚ました。

一瞬、自分がどこにいるかわからず、十和はベッドのなかで呆然とした顔であたりを見まわした。

大きな窓にかかった遮光カーテンのすきまから朝の光が漏れている。

木製の書棚やライティングデスク、絵が描かれたチェコらしい天井……。

ああ、昨夜、実家にもどったのだったと自覚し、枕元の受話器に手を伸ばす。

『おはようございます。朝食、どうなさいますか』

通いの家政婦からだった。

「おはよう。シャワーを浴びてから行く。三十分後くらいに。義兄さんは？」

『ダミアンさまなら、今朝早くもう研究所に。それからご朝食ですが、お客さまの分もご用意してよろしいでしょうか』

お客さま――その言葉に、一瞬、誰のことかわからなかったが、すぐに昨夜現れたラディクという青年の件だとわかり、「ああ」と答えた。

そうだった。今日からしばらく彼とここで暮らすのだった。

あとで起こそうと思いながら、スマートフォンをとり、勤務先の動物病院からなにか緊急の連絡がないかを確認する。

（よかった、なにもない。そうだ、助手が見つかったことを連絡しておかなければ）

簡単なメールを事務局宛てに送信したあと、十和はベッドから下りて窓に近づいていった。

分厚く垂れたカーテンをさっと開けた瞬間、窓ガラスのむこう――バルコニーに佇み、ガラス越しにじっとこっちを見ている人影に、心臓が止まりそうなほど驚く。

「――――っ！」

硬直し、目を瞠《みは》る十和とは裏腹に、人影は十和と視線が合うと、安心したようにほほえんだ。

ラディクだった。

逆光だったので、すぐにわからなかったが、朝の光が彼の絹糸のような金髪を明るく照らし、紫がかった美しい蒼い眸を淡く輝かせている。

「どうしたんだ、ラディク、こんなところで」

窓を開けると、朝の冷気がほおを突き刺し、十和は寒さに身震いした。

「おはよう、十和先生」

息が白い。もう秋も半ばを迎えている。色づき始めた木々はうっすらと霜をまとい、空気は秋らしい透明感とともに張りつめた冷たさを含んでいた。

「え、あ、ああ、おはよう。とにかく早く入って。すっかり冷えているじゃないか」

十和はラディクの腕をつかんで、部屋に入れた。昨日の姿のまま、眠ってもいないのかわからないが、服にシワもついていない。

「十和先生、挨拶《あいさつ》がしたい」

驚いている十和とは逆に、ラディクはとても落ち着いている。

「挨拶？」

「おはようの挨拶のキス。したことがない。十和先生としてみたい」

「……っ」

「キスはふたつ。してみたい。教えて欲しい」

また教えて欲しい……か。昨日から何度その言葉を聞いただろう。

「あ、ああ、こうするんだ」

突然のことに驚きながらも、十和はラディクの肩に手をかけ、両方のほおを重ねた。

彼の皮膚からひんやりとした空気が伝わってくる。衣服も髪もなにもかも霜が降りたようになっていた。

「長くバルコニーにいたんだね、風邪をひくよ、どうしてこんなところにいたんだ」

「眠れなかった。だからバルコニーに行った。十和先生のそばで安心したかったから」

初めての家で緊張したのかもしれない。もう少し気遣うべきだったと十和は反省した。

「だったら廊下から声をかけてくれればいいんだよ」

「眠っているのを起こしたくなかったから、十和先生が起きるのを待っていた」

「ラディク……いいんだよ、起こしても大丈夫だから。それより、シャワーを浴びて少し温まったらどうだ？　唇、青くなっている。髪もほおも凍りそうじゃないか。タオルは君の部屋にあるだろう？　着替えは？」

「着替え？」

ラディクは小首をかしげた。

「着替えはないの？　そういえば、昨日、手ぶらだったっけ。荷物は他には？」

「ない」

「今までどうやってたの？　荷物もないなんてどうやって暮らしていたんだ？」

問いかけると、ラディクは少し困ったような顔をした。

「……別に。それより、寒いのでシャワーを浴びる」

「そ……そうだね、そうしたほうがいい」

戸惑いながらも、出勤時間まで一時間ほどしかないので急ぐことにした。

十和は未使用の下着と、少し大きめのシャツとズボンを用意し、寝室の隣にあるバスルームに彼を通した。

「ここ、使って」

タオルと着替えを渡してバスルームのドアを閉じたとたん、なかから聞こえてきたものすごい音に驚いて、十和はドアに手をかけた。

「どうしたんだ」

なにが起きたのか、とドアを開けた瞬間、ものすごい勢いのシャワーが十和の顔にかかる。

「う……っわっ、ダメだよ、ラディク、そんなに強くしたら」

バスルーム中が水浸しになっている。

「このくらいにするんだ。そんなに難しくないはずだよ」

コックをひねり、十和はシャワーの温度と水量を調節した。同じようにびしょ濡《ぬ》れになったラディクが興味深そうに見ている。

「そのくらいの力配分でいいのか。今まで、自分でシャワーを使ったことがなかったからわからなかったけど。頭で知っていることと、自分でやってみるのは随分と違うね」

納得したように呟く。ずっと病院に入院していたようだが、これまでは看護師か付き添い人の世話になっていたのだろうか。

だがここで深く追及すれば、時間がどれだけあっても足りない。彼がどういう人物なのかすべて義父に尋ねればいいだろう。

とにかく赤ん坊のような人間を相手にしているのだと己に言い聞かせ、十和は丁寧にシャンプーや石鹸《せっけん》の使い方を教えた。

しかしそれでも髪の洗い方がうまくわからないらしく、結局、泡風呂の中で膝を抱えてしゃがんでいる彼の髪を十和が洗うことになった。

「じっとしててね。ちゃんと目を閉じて。そうそう、そうしてじっとして」

犬のシャンプーをしているみたいだと思いながら、彼の絹糸のような髪をシャンプーしていく。そうして洗っている途中に、本当に犬のように、ラディクはぶるぶるぶると顔を横に振った。

「ラディク、じっとして」

「え……っ」

「ダメじゃないか、そんなことしたら、ぼくまで泡まみれになってしまう。動いたらダメだから」

肩を押さえて言うと、うつむいたまま、彼は小声で「ごめん」と謝った。

その様子が怒られてしょげている犬のようで、少し愛らしく思えてくるのが不思議だ。

「あ、いいよいいよ、そんなに落ちこまなくても。じっとしていればそれでいいから」

十和がそう言うと、彼はぎゅっと固く目を瞑《つむ》り、唇を嚙《か》み締《し》めながらシャンプーの泡が流れていくのをじっと耐えた。

「じゃあ、あとはその泡で自分の身体を洗ったら、シャワーで流して。あ、多分、わからないと思うから、髪は僕が乾かしてあげる。全部終わったら言うんだよ」

そう言ってスポンジを渡すと、ラディクは少し淋しそうな顔をした。

「全部洗ってくれないの？」

「えっ、全部って……そんな」

それくらいは自分でしたほうがいいのでは……と言おうとしたが、まばたきもせず、すがるように見つめてくる眼差しに負け、「今日だけだよ」と呟き、十和は彼に身体の洗い方を教えた。

何でこんなことをしているのだろうとも思いながらも、あまりにも彼が嬉しそうにしているので、だんだんと十和も悪い気がしなくなってきた。

身体を洗い終えてバスローブを身につけた彼の髪をドライヤーで乾かして着替えを渡したあと、十和は急いで自分もシャワーを浴びた。

(本当になにも知らないんだな、彼は……)

まいったなと思いながらも、思いだしただけで、クスッと笑ってしまう。

ぶるぶると首を横に振って髪を乾かそうとしたり、ドライヤーの音にびっくりして目をパチクリさせたり。

ファッション誌から抜けだしたような凄絶に美しい容姿をして、ダミアンが驚くほどの頭脳をしているのに、日常生活にかけては赤ん坊同然というギャップに驚いてばかりだ。

注意すると仔犬のように落ちこんだ表情を見せ、時折、捨て犬のように淋しそうな顔をする。

(初めてだ、ああいうタイプは)

大きな図体《ずうたい》をした子供か仔犬を相手にしているようで戸惑う。あまりにも日常的なことができなくて困ってしまうというのが本音だが、それでも一緒にいるとどういうわけか心が和む。どんな困ったことを彼が口にしても、なぜかイヤな気持ちにならないのだ。

「さあ、ラディク、仕事に行くよ」

結局、朝食をゆっくり食べている時間がなかったので、使用人に頼んでバスケットに入れてもらって、車で移動中に食べることにした。

「はい、これ、そこで食べて」

エンジンをあたためながら、十和は、フランスパンに卵とチーズとレタスとトマトとハムを挟んだサンドイッチをラディクに渡した。

「あ、こぼさないように食べるんだよ」

「十和先生は？」

「大丈夫。ぼくも運転しながらつまむから。きみはそれを食べていて」

「わかった」

ラディクは十和が教えたとおり、きちんと中身をこぼさないように、パンと中身を分解して一個ずつ食べ始めた。

「おいしい。すごい、こんなにおいしい朝食は初めてだよ。嬉しい、こんなにおいしい朝ごはんを食べることができて」

彼のこういうところは、けっこう好きだ。素直で、純粋で、話しているととても心地よい気持ちになる。

「本当に？　よかった、気に入ってくれて」

「とてもおいしい。作ってくれた人に、ありがとうという気持ちになった」

「ぼくもいつもそう思って食べているよ。日本人は食べるときには、いただきます、食べ終わったあとに、ごちそうさまと言うんだけど、それは、作ってくれた人や食材への感謝の気持ちが込められているからだと、子供のときに亡くなった母から教わったことがあって」

「お母さんから？」

「ああ。もうあまり記憶がないんだけど……母の話していた日本語も忘れつつあるし。でも、だからこそ、日常の習慣のなかで記憶していることは実践したいと思っていて。食事の前後に、いただきますとごちそうさまと言うことや、作ってくれた人や食材に感謝することとか」

どうしてこんなこと——自分の心の奥にしまっている大切な思い出を知りあったばかりの人間に話しているのだろうと思った。

これまで誰かに話したことのない母の話を。

それをありのまま口にしている自分に疑問を抱きながらも、作ってくれた相手にありがとうという気持ちを抱くこの心の綺麗な青年となら、同じ気持ちを共有できる気がして言ってみたのだ。

案の定、ラディクは澄んだ笑顔で言った。

「素敵な習慣だね。俺も、これからはいただきますとごちそうさまを言うようにする、作ってくれた人と食材に感謝して」

「そうだね。それから自然の恵みのすべてに感謝をする。今、生きている実感を噛み締めながら」

「今、生きている実感？」

「ああ。動物の医者をしていると余計にそう思う。どんなにがんばっても助からない命があったり、自分ががんばったおかげで助かる命があったり。毎日そんなことのくりかえしのなかで、命の不思議さというのかな、生き物の生死に触れているからこそ、まずは自分の生、ここに自分がいることの大切さを改めて実感することが多いんだ」

ここにいることへの感謝——それは同時に母への感謝だ。両親の反対を押し切り、家を飛びだすことになっても、それでもなお自分を誕生させてくれたことへの。

「まずは……自分の生か」

なにか思うところがあるのか、少しうつむいて考えこむような顔をしたあと、ラディクはサンドイッチの残りを、もう一度、口に含んだ。そして噛みしめるように食べた。

「ごちそうさま。本当においしかった」

心の底から満たされたように言う彼といると、やはり胸のなかに優しくて心地よい感覚が広がっていくのを感じた。

「きみは……素敵だね。そういうところ、社会生活に慣れても失わないで欲しいな」

「そういうところって？」

「いろんなことに感謝したり喜んだりするところ。世の中のことを知ったら、自然と失われるかもしれないけど」

「大丈夫だよ。そういう気持ちは、すべて十和先生から教えてもらっているんだから、十和先生といるかぎり失わないよ。それに……世の中のことは、多分、十和先生よりもずっと知っている。知識としてだけど……どれほど人間の心が醜くて、どれほど歪んでいるかも」

少し虚《うつ》ろな声で話し、ラディクは舗道を歩いている人々に視線をむけた。

「あ、ごめん。そうだね、きみはぼくなんかよりずっと頭も良いし、世の中のこととか、失わないで欲しいとか……偉そうなこと言ってごめん」

「謝らないで。ちょっと違うんだよ、俺にとっては、知っていることと、感じることは違うんだ。人の醜さは知っているけど、十和先生といると、そういうものは感じない。だから俺は十和先生といるかぎり、そんな感情を心に感じることはないと思うと言いたくて」

「……難しいことを言うね。でもじゃあ、ぼくがちゃんとそうしないとね。綺麗な心を持てるようにしないと」

「大丈夫だよ、十和先生はとても素敵だから。食べるときの習慣も素敵だし、動物への思いも素敵だ。患畜のみんなが十和先生を大好きなのは、そういうところを本能的に理解するからだね。もちろん、それは俺が一番よくわかっているんだけど」

「いいよ、そんなお世辞は」

運転しながら苦笑すると、ラディクはじっと十和の横顔を見つめた。

「どうしたんだ？」

問いかけたその瞬間、ほおに触れた感覚に十和は思わずハンドル操作を誤りそうになった。いきなりラディクが唇を寄せてきたからだ。

「ラ、ラディク、ダメじゃないか、急に。運転ミスしたらどうするんだ、運転中はじっとしてて」

あわててブレーキをかけ、十和は車を路肩に停《と》めた。

「ごめん」

「どうしたんだよ、急に、そんなことをして」

「十和先生を見ていたら抱きついて、キスがしたくなった」

「っ……キスってどうして急に」

「人間は親愛を示すときに、抱擁とキスを交わす。だから親愛を表したかった。いろんなことに感謝をする十和先生、動物たちを大切に思う十和先生、それから綺麗な心を持とうとする十和先生……。そんなところに触れていると、胸の奥からこみあげてくるものがあって、それを今、親愛の気持ちとして表したいと思って」

ふつうは口にしないようなことを臆面《おくめん》もなく告げてくるラディクに気恥ずかしさと戸惑いを抱きな

がらも、心のどこかで喜びを感じていた。

そんなふうに言われて嬉しくない人間がいるだろうか。彼はお世辞ではなく、本心しか口にしない。心で思ったことを素直に。

「それはありがとう。でも運転しているときはダメだよ。いや、なにか別のことをしているときはダメだ。親愛の情を表すときは、きちんとそれ相応のタイミングというのがあるんだよ」

笑顔を作って言う十和に、ラディクは小首をかしげる。

「タイミングって……」

「そう、タイミングがあるんだ。お互いが親愛の気持ちを抱いて……こう……気持ちがふわっと盛りあがるような、自然にそうなるようなタイミングだよ」

「今は違うの？　十和先生は車を運転していない。今は俺と話をしている。それなら、今はそのタイミングにならないの？」

綺麗な形の蒼い眸が、まばたきもせずじっと見つめてくる。十和は息を呑んだ。

「今は……って」

そう、確かに運転はしていないけれど。

「あの……ラディク、そういうのは何となくその場の空気を読んでするものなんだよ」

「だけど空気にはなにも書いていない」

「……だから……」

「俺は、十和先生に親愛の気持ちを抱いている。今、それを表したい。親愛のキスや抱擁をしたい。でも今がそのタイミングでないのなら、そうじゃないって言って。今してもいいなら、してもいいと教えて」

まいったな。確かに今ならそれをしても問題はないけれど、親愛のキスや抱擁というのは、したいと相手から伝えられてするものではないとどう説明すればいいのか。

「今は違うの？」

眉尻を下げ、淋しそうな顔で尋ねられると、胸がキュンと痛む。捨て犬を見捨てるような感覚というのか、彼の望みを叶えないととても自分が悪いことをしているような気持ちになる。

「今はダメなとき？　空気にはどう書けばいい？」

「ラディク……」

「したい」

どうしよう。困った。この蒼い眸に瞬きもせずに見つめられると、これまで感じたことがないほど胸の奥がざわめいてしまう。そして抗《あらが》えなくなる。

「あ、ああ……いいよ、今しよう。今は大丈夫だ。でも、時間がないから、ちょっとだけだよ」

十和がそう言うと、ラディクは嬉しそうに微笑した。それだけで胸の奥が甘く疼《うず》き、なぜか自分まで嬉しくなって口元に笑みを浮かべてしまう。

そしてどうしてラディクといると、心が和むのかが何となくわかってきた。

彼の言動には、何の曇りもなく、何の負の要素もない。ただただ純粋に感じたことや思ったことを表そうとしているだけ。

たとえるなら透明な水。その心の純度が高いから、きっと澄みきった空気を肺腑《はいふ》に染みこませた時のような優しい心地よさを感じるのだ。だから抗えないのかもしれない。その美しい空気に包まれていたいから。

「ラディク、きみはシートベルト……外さなくていい。ぼくからする。……目、閉じて」

十和はベルトを外し、ラディクの肩に手をかけた。

ラディクが言われるままに瞼《まぶた》を閉じる。綺麗な金色の睫毛《まつげ》。皮膚は陶器のようだ。目も鼻も唇もとても形がいい。何て綺麗な青年なのだろう。見た目だけでなく、その心も。全身からあふれる空気も。

そんなふうに思いながら目を閉じて彼の肩を少し抱き、ほおにキスをする。

「……っ」

また甘い匂いがした。秋の森の熟れた果実のような、瑞々《みずみず》しくも濃密な香り。それを味わうように、もう一度、彼のほおに唇を近づけると、ラディクが目を開けた。

「十和先生……」

蒼い眸を少し細め、十和の肩に手をまわして、そっと唇に唇を押しつけてきた。

「ん……っ……」

チュッと音を立ててついばむようにキスをしたあと、もう一度、チュッ、チュッとキスをして、ラディクは微笑した。

「幸せだな。大好きなひとと、人間同士で愛情を表せるの、とっても幸せだね」

こんなふうに無邪気に幸せだと言われると、唇へのキスは恋人同士でするものだよ、ぼくたちは恋人同士ではないんだから、ふつうは男同士で唇に挨拶のキスはしないんだよと……と言いづらくなり、十和はシートベルトを締めなおしてエンジンを再びかけた。

「じゃあ仕事に行くよ。あ……そうだ、忘れないで、タイミングは大事だからね」

「わかったよ。そういうものだということは知識では知っていた。それにしても愛しいと思ったときに素直に表せないなんて……人間は不自由な生き物だ」

「人間じゃないみたいな言い方するんだ」

「まだ慣れなくて。人間になったばかりだから」

おもしろい言い方をしていると思ったが、その言葉の意味を深く追及している時間はなかった。

「遅刻するからもう行くよ。きみもこれからはぼくの助手としてきちんと働いて」

「一生懸命働く。十和先生と働けるなんて夢のようだ。本当に嬉しい」

どうしてそんなに喜んでいるのだろうと思いながらも、本当にこのときはそれを問うだけの余裕はなかった。

ただラディクといると心が綺麗になったような気分になり、自然と自分が笑顔になっていることに気づいた。


ラディク・ムハ。二十五歳。

誕生日は十月三十一日。ＩＱは二〇〇。

国籍はチェコ。住所は、十和と同じ。家族はなし。

推薦者は、イジー・ハヴェル博士……と、給料明細のために病院内の控え室で動物病院側に届けるデータを整えながら、十和は窓辺のソファで横たわって眠っているラディクに視線をむけた。

彼が十和の助手になり、一週間が過ぎた。

今日は、犬と猫の譲渡会のため、仔犬や仔猫の世話をしていたので疲れてしまったようだ。ぐっすりと眠っている。犬や猫のように丸まって腹部を隠すようにして眠る癖があるようだ。

けれど一週間前に比べると、随分といろんなことを覚えて人間らしくなってきたと思う。少しずつ社会生活に慣れてきているみたいで、時折、妙な質問をしてくる場合はあるが、初めて会ったころほどの違和感を抱くようなことはなくなった。

（人間らしくというのも変だけど……それ以外の言葉が見つからない）

その言葉が一番彼に合っている気がするのだ。

「……っ」

寝息を立てている彼を、十和はじっと見つめた。

窓から差しこむ月明かりが彼の艶やかな金髪を美しく照らしていた。

睫毛まで透けそうなほどの美しい金色をしている。何の警戒心もないような、彼の無防備な寝顔を見ていると、とても静かで優しい気持ちになる。

今日、無事に譲渡できたたくさんの仔犬や仔猫たちも、きっと今ごろ、新しい家族のところで幸せな眠りについているだろう。

『この仔たちをたくさん愛してくださいね。この仔たちはきっと同じ愛を返してくれますから』

仔犬や仔猫を新しい家族にわたすとき、ラディクは天使のような笑顔を浮かべてそんなふうに言っていた。

（たくさん愛して……か）

ふと子供のころを思いだす。

母が作ったセンターで捨てられた仔犬の世話をしていたとき、そんなふうに思って一生懸命になっていた時期があった。

獣医になろうと思った原点。ラディクはあのころの十和の純粋な気持ちと同じものを持っている。だから一緒にいると安らぐのか、それとも彼自身の心の美しさに惹《ひ》かれているのかわからないが、一緒にいるとどんどん自分の魂が透明になっていくような気がしてとても心地がいい。

(ぼくの助手は数カ月だけ……ということだけど、このあと彼はどこに行くんだろう)

義兄のところではなさそうだ。他の、どこか別の研究機関に行くのか。

いずれにしろ彼の知性が役に立つ場所に行くのには違いないが、できればここに助手として残って欲しい。彼の知識が生かせないのはわかっているが、ここで動物たちと接しているほうが彼の魂の清らかさや心の美しさが生きていく気がするから。

そんなふうに考えながら、十和はその日のカルテをまとめていた。

窓の外からは、しっとりとしたクラシック音楽が聞こえてくる。

十和が勤務する動物病院の、すぐ真裏にある教会前の広場では、観光客のため、毎夜、クラシック音楽のコンサートが行われている。

七時くらいから一時間ほど、夜になると、必ず音楽が響いてきて、それを耳にしながら、一日のカルテを整理する時間帯が十和は好きだった。

今日はピアノの演奏会のようだ。やわらかくて流麗な旋律が外から流れこみ、耳を傾けているだけで甘く優しい気持ちになってくる。

今から一週間前――。

ラディクと初出勤した日の昼休み、十和は入院している義父の病室を訪ねた。

心臓が弱っているため、あまり長く起きあがることはできないが、その日の義父は体調が良さそうで、車椅子《くるまいす》に乗って窓辺で陽射《ひざ》しを浴びていた。

天気が良いととても元気になるようで、ここ最近は、医師の許可をもらい、プラハの美術館や博物館をまわったり、オペラやバレエを観《み》に行ったりするようにしているらしい。残された時間を心豊かに暮らしたいのだろう。

『義父さん、ラディクは一体何者なの？　あんな不思議な人は初めてだ。膨大な知識があるのに、まるで社会生活においては子供のようで』

『彼の素性や過去については詮索《せんさく》しないで欲しい。彼は助手になるだけの充分な知識はある。おまえの邪魔はしない。むしろ役に立つだろう。いずれ、おまえにも自分が何者なのか話すつもりでいるらしい。ただ、その前に彼に人間らしい生き方を教えて欲しいんだ』

『人間らしい生き方って……ぼくはそんなことを教えられるような人間じゃないよ。第一、彼はそれ以前のような気がするし』

『大丈夫、おまえなら大丈夫だ。おまえはとても優しい子だ。繊細で傷つきやすくて、自分のことよりも動物を一生懸命助けようとして……その火傷だって』

義父は十和の額に残る火傷の痕を見上げた。

『こんなの別に。それよりもあのときは狼の仔を助けるのに必死で』

『そう、そういうおまえだから、彼を頼みたいんだ。彼には、おまえしかいない、おまえしかそれを教えられる人間はいないんだ』

『ぼくしかいないってどうして』

どうして自分しかいないのか。そんな大役をどうして義父は自分に託すのか。

『彼はなにも知らないんだ。知識としては知っているが、なにも経験したことがない。だからたくさんの経験をさせてやって欲しい』

『そんな……』

『おまえ以外、誰もできないことなんだ。そんなに長い時間ではない。私の寿命と同じ短さだ』

『義父さん、寿命だなんて言わないで』

『いいんだよ、長くないことはわかっている。だから、私は私なりに残された時間を大事に過ごしている。これまで研究一筋で、やりたくてもできなかったことをたくさんやっている。彼がすすめてくれたんだ、幸せだと思えることを何でもしてみるようにと』

『待ってよ、義父さんにそんなアドバイスができるような彼に、一体、ぼくがなにを教えられるんだよ、そんなこと、ぼくには』

『いや、違うんだよ。彼は知識としては、本当によくわかっているんだ。だが、自分ではそれがどういうものかまったく経験したことがないんだ。だから彼に経験してもらいたくて』

できないと断りたかったが、義父から『これは私からの最後の頼みだ』と言われると、拒むことはできなかった。

義父の最後の頼み——。

一体、ラディクは何者なのか。

義父はどうしてそこまで彼に肩入れするのか、十和にはよくわからなかった。

しかしその日から彼との奇妙な生活が始まった。

長年、社会と隔絶した場所で生活してきたというラディクは、頭のなかにある膨大な知識とは裏腹に、社会生活においてはまるで子供のようだった。

それでも一度経験すれば、彼は教えた以上のことが出来るようになる。気が利いて、頭もよく、器用なのもあり、いつのまにか要所要所でラディクが手伝ってくれるので助かるようになった。

たとえば老齢化したペットの飼い方を説明するケア病棟では、患畜たちとの付きあい方について、十和以上にラディクのほうがペットの気持ちをよくわかっているのではないかと思うような発言もしていた。

カルテと報告書を記入し終え、ぼんやりとしながら音楽に耳をかたむけていると、ふっと甘い森の果実の香りが背中から漂ってきた。

「……っ」

ふりかえろうとしたとき、いつのまにか覚醒《かくせい》したラディクが後ろから十和に抱きついてきた。座ったままの十和の首に腕を巻きつけるようにして。

「十和先生、今日のご褒美は？」

耳元に響く低い声。答えを聞く前に、ラディクの手が十和の胸ポケットをさぐっている。そこにペン以外のものがないとわかると、今度は下のポケットへと伸びていく。

「何だ、また飴か」

ポケットから出てきた飴をとりだし、ラディクは残念そうに小さく息をついた。

「まだ……食べ方、教えてくれないの？」

「だから……飴は口のなかで転がせばいいって言ったじゃないか」

「それは知っているけど」

がっかりとした声で呟き、ラディクが背中から離れる。十和はパソコンの画面に映る彼の淋しそうな顔をいちべつしながらも知らない振りをした。

経験させて欲しいと言われているのはわかっているが、恋人同士でもないのに飴を口移しで食べさせて彼の口内で溶かす――という行為なんてできるわけがない。

「そうだ、十和先生、お茶飲む？」

「あ、ああ」

「今日はラズベリーのお茶を用意するから」

ラディクは部屋に付いた簡易キッチンにむかった。最近、お茶の淹《い》れ方をマスターしたので、ラディクはいろんなハーブを採《と》ってきてごちそうしてくれる。

お湯を沸《わ》かしてガラスのポットにいれたハーブに注《そそ》いでいくと、研究室にふわっと甘くて優しいハーブの香りが立ちこめていく。

ガラスのティーカップの皿に小さなクッキーとチョコレートを載《の》せて、十和のデスクに置くと、ティーカップを手に、ラディクは窓際に行き、また月を見上げた。

屋外から流れてくる綺麗で繊細なピアノの旋律、甘いハーブティの香り。月明かりを浴びてじっと外を見ているラディクの姿は、不思議なほど美しく見える。

「十和先生、今夜も音楽が聞こえてくるね。これは、スメタナのモルダウ？」

「ああ」

「プラハ市内を流れる川ではなく、ボヘミアの大地を雄大に流れていく川を思わせる音楽だね」

「言われてみればそうだね」

「綺麗な音楽、月も明るく煌《きら》めいて、ここからだとライトアップされた教会が輝いて見える。なにもかもが本当に美しい」

ふわっと微笑する彼を見ていると、輝いているのも美しいのもラディクのいる場所だと思った。

彼の金髪のせいなのか、肌の透明感のせいなのか、こうして少し薄暗い夜の空間にいると、彼のいる場所だけが驚くほど明るく輝いて見える。

窓の外から流れこんでくるピアノの音さえもが、光を反射しているモルダウ川の水流のようにゆるやかに煌めいているように感じられる。

彼をとりまいている空気のすべてが、夜明けのボヘミアの森のように瑞々しさに満ちた透明感を漂わせているように感じるのだ。

一緒の空気を吸っていると全身が浄化されていくような感覚が起きるのだ。だからとても心地いい。不思議なほど彼といると心が満たされ、体内まで綺麗になっていくような気がして気持ちがいい。

「今日はとても楽しい日だった。たくさんの仔犬と仔猫に家族ができて……みんなが喜んでいる姿を見ると本当に気持ちよかった。だから世界が美しく見えるのかもしれないね」

「そうだね」

十和はお茶を飲みながら微笑した。

「お茶……おいしい？」

「ありがとう、おいしいよ、とても」

「明日はなににしよう。十和先生はなにがいい？」

「いいよ、なんでも。君の淹れるお茶はとてもおいしいから」

「当然だよ。いつもハーブに話しかけてるから」

「話しかけて？」

「そう、おいしくなってね。たくさんおいしいお茶になって、十和先生を幸せにしてねって心のなかで話しかけながらお茶を淹れているから」

「ラディク……」

「十和先生が幸せだと、俺も幸せだから、十和先生が幸せだなって思うお茶を淹れたい」

この一週間で、彼のこうした言葉にも慣れてきた。

純粋に、心から慕ってくれているのがわかる。どうしてそこまで……という気持ちにもなるが、それでもここまでまっすぐに慕われ、懸命に喜んでもらおうと努力する彼の姿を見て、心が揺れないわけがない。

「ありがとう、とてもおいしかったよ。また明日も仕事をがんばろうと思える」

「また明日もたくさんの動物を幸せにするんだね」

「そうだね、そうしたいと思うよ」

ラディクはとても嬉しそうに微笑し、うっすらと目を潤ませた。そしてティーカップを置いて、椅子に座った十和を後ろから抱きしめてきた。

あたたかな腕。彼からはいつものように、どこか甘くて、優しい果実の香りがしてくる。

「そのお手伝いができて、俺……とても幸せだよ、ありがとう、十和先生」

そっと彼が耳の裏にキスしてくる。困惑しながら振りむき、十和はラディクの髪に手を伸ばした。

「お礼を言うのはぼくのほうだよ。いつもいつも優しくしてくれてありがとう。仕事も助かっているよ。きみは動物の心がわかるから」

「助かってる？　本当に？」

後ろからラディクが顔をのぞきこんでくる。十和はうなずいた。

「ああ」

「よかった」

今度は十和の唇にキスをしてきた。

彼が唇を重ねてくると、そうすることが当然のように十和は瞼を閉じている。

ただついばむだけの、触れあわせるだけのキス。

恋愛というほどの想いではないと思うが、彼とキスをしていると幸せな気持ちになっていく。

(もしかして……ラディクは天使なのだろうか)

そんなありえないことまで考えてしまうときがある。

天国から義父を迎えにきた天使が、この世でちょっとだけ社会勉強をする。そんな映画かドラマを見たことがあるが、彼といると、そのような非現実なエピソードもどこか現実的に感じられる。それがとても不思議だった。

4　彼は何者なのか

――十和へ。プラハ城下の公園のベンチで待つ。話がある。午後の診療が終わったら、休憩《きゅうけい》時間にでも一人できてくれ。そんなに時間は取らない。

突然、同級生のルドルフからメールがきたのは、ラディクが十和の助手となって二週間がすぎたころだった。

「外で休憩してくるから」

保護センターの仔犬たちのため、ラディクがフードの選別を行っているのを確認し、十和は白衣の上にダッフルコートをはおって彼が呼びだした公園へとむかった。

冬が間近なせいなのか、まだ午後の診察が終わったばかりの時間帯なのに、もう夕焼け空になっている。

高台から公園への階段を降りていく十和の眼下には、オレンジ色の屋根で統一されたプラハの街全体が淡い薔薇色《ばらいろ》に染まっている美しい光景が広がっていた。

ひんやりとした晩秋の風が通りぬけるなか、薄暗い石造りのアーチをぬけて公園のテラスへ向かうと、ルドルフがベンチに座っていた。ゆったりと背もたれにもたれかかり、足を組み、オレンジ色に染まったプラハの遠景を眺めながら。

その傍らには、彼の漆黒《しっこく》の愛馬がつながれている。馬に乗ってきたらしい。

「ごめん、待たせて」

さらりとした短めの金髪の端麗な風貌。細身の体軀に臙脂色《えんじいろ》の上品な乗馬服を身につけている彼は、正真正銘のチェコ貴族の血を引く貴公子だ。

左目に黒い眼帯をつけているのもあり、彼のいる場所だけ古いお伽噺にまぎれこんだような空気が漂っている。

隣に座ると同時に、甘い香りがすると思ったら、チェコ名物のトルデルニークというバームクーヘンのような焼き菓子を彼がつまんでいた。

「めずらしいね、きみがお菓子を食べているなんて」

「愛生の好物だ。プラハに来るたび、買わされてしまう。おまえも一個どうだ？」

「あ、ああ、ありがとう」

袋を突きだされ、一個だけもらう。まだ湯気が出ている。

表面はカリッとしているが、噛みしめるとシナモンとバターの溶けあった熱々でモチモチとした生地が口内に溶けていく。

彼——ルドルフは、獣医学部時代、一番親しくしていた同級生だった。

尤も、最初のうちは近寄りがたくて、あまり話をしたことはなかった。

ルドルフは貴族出身の上に、ボヘミアの森で世間から隔絶されて過ごしてきたこともあり、完全に同級生たちの間で浮いていたのだ。

入学したばかりのころは今では使わないような古めかしいチェコ語を使っていたため、同級生から「老人」とあだ名されていた。

そのことに苛立《いらだ》ちを感じたのか、あるときから、スラング混じりの現代の若者言葉を使うようになり、それはそれでとても変だったが、最近はようやく時代に慣れてきたのか、ふつうの成人チェコ男性の使う言葉を話すようになったように思う。

　初めて話をしたのは、日本語が勉強したいので教えて欲しいと言われたときだ。

　自分もあまり日本語は上手くないので、よかったらこれをと言って、母の遺品の日本のコミックやアニメを幾つか譲った。

　ルドルフが十和の家にそれを取りにきたとき、偶然にも、義父の親戚筋の者が彼の執事だというのがわかり、それ以来、何となく親しみを感じ、少しずつ話をするようになったのだ。

　今では、獣医師としてボヘミアの森の動物の保護のために協力し合っている。

「それで話って」

「おまえが助けた例の白い狼の件だが」

「あ、ああ。でも行方がもうわからなくて」

「ラディク、彼が大丈夫だと言ってるんだろう？」

「彼のことを知ってるの？」

「ああ、知っている。あの白い狼の件は、あいつに任せて欲しい。もう一度、見かけたとしても、ダミアンには報告しないでくれ。研究材料にするような狼ではない」

「あの狼は、義兄の研究となにか関わりがあるの？」

　ラディクとルドルフがどういう関係なのか訊きたかったが、十和は先にそのことを尋ねた。

「あるといえばあるし、ないといえばない」

「それじゃあ答えになってないよ」

「たとえ関わりがあったとしても、狼王の伝説は伝説のままにしておきたい。だからこれ以上、人間たちの研究や欲に晒《さら》さないで欲しいんだ。自然は自然のまま、神秘は神秘のまま。この世には解明されないほうがいいこともある」

ルドルフの言葉に十和は「わかるよ」とうなずいていた。

十和もあの白い狼が研究対象となるのはイヤだ。

ラディクと出会い、そんなふうに感じるようになった。

以前は、義父や義兄の研究に少なからず惹かれていた。

狼と人間の遺伝子を持った人類がいる。その解明のため、前人未到《ぜんじんみとう》の道を歩んでいる学者。研究の成果が出れば、ノーベル賞が約束されたような偉業につながるもの。人類や生物史の常識をくつがえすほどの結果がもうじき導き出せるかもしれない。

臨床医とはいえ、十和もまた獣医学者の端くれである。そんなことを耳にして、興味が湧《わ》かないわけがない。

けれど今はむしろそこまでする必要があるのだろうかという気持ちが芽生えている。

不思議な存在を解明して、世界の人々や動物が幸せになるのならいいけれど、狼と人間の双方のDNAを持った狼王の存在を証明することにつながったとしても、この世にいるかどうかわからないような、多分、絶滅寸前のような存在の謎を解明してなにになるのだろう、と思うのだ。

「白い狼のことは、ラディクに任せておくよ。見かけたとしても義兄には言わない。もともと彼の狼でも何でもないんだから」

「ありがとう、そう言ってくれて。安心した」

ルドルフがお菓子の袋を手に立ちあがる。

「もしかして、そのためだけに呼びだしたの？」

「いや、そういうわけじゃないが」

ルドルフは少し気まずそうにラディクに視線をむけた。

「おまえ……ラディクのこと、どう思う？」

突然の言葉に十和は小首をかしげた。

「どうって」

「あいつは……おまえが好きだろう。おまえの気持ちはどうなんだ」

「え……あの……そのこと知って……。えっ、ルドルフはラディクとはどういう」

「遠縁だ。あいつのことは生まれたときから知っている」

「ルドルフの遠縁。そうなんだ。でも生まれたときからって、そう年齢は変わらないはずだよ」

十和はクスッと笑った。

「まあ、そう言われればそうだが」

「でも、ルドルフの身内だったのか。どこの誰だろうと思っていたけど」

「変わっているからな、あいつは」

「少しね。でもよかった、ホッとしたよ」

「どうしてホッとする」

「何となく……彼、人間じゃないような気がしていたんだ、あまりにミステリアスだから」

「人間じゃない？　まさか……おまえ」

「うん、あまりに綺麗な心の持ち主だから天使かと思っていたんだ。義父さんを迎えにきた天使が人間になって冒険している感じ。きみにあげた母さんの漫画……日本の少女漫画のなかに、似たような話があっただろう？」

十和が笑顔で言うと、ルドルフは眉間に深くしわを刻み、呆れたように肩で息を吐く。

「十和、本気で言ってるのか？」

「本気というか、そうだったとしてもおかしくないと思っていたんだ。とても清らかな魂と美しい心を持っていて、優しくて感性が豊かで……それでいて頭脳だけは天才的で。だから彼が天使だったとしても、仕方ないかなと……」

そんな十和の話をさえぎるように、突然、ルドルフが公園のテラス全体に響きわたるような大声で笑い始めた。腹を抱えるほど大きく。

「どうしたんだよ、そんなに変なことを言った？」

「変も変。あまりにおかしくて、どうにも笑いが止まらないんだよ。あの性格が悪くて、根性が曲がっていて、わがままいっぱいのひねくれた狼王子を、そんなふうにたとえるなんて、十和、おまえ、最高だよ。おまえこそ天使じゃないのか」

「狼王子？」

「あ、いや……あのラディクをそこまで良い方向にたとえるなんて……おまえってすごいやつだなと思って」

「本当のことじゃないか。笑うなんてラディクがかわいそうだよ」

「やっぱりおまえが天使だよ、十和。実際のラディクは天使の正反対……。と言っても、悪魔じゃないけど」

天使と正反対……。自分の知っているラディクと、ルドルフの知っているラディクにどんな違いがあるのか。

「じゃあ、きみの前でのラディクはどんな男なんだ？　教えてくれないか」

「知ってどうするんだ」

「どうって」

「あいつを愛せるのか？」

真顔で問いかけられ、十和は口をつぐんだ。

愛せるのか――？

「あいつが望んでいるものは、おまえの愛だ」

「ルドルフ……」

「それ以外になにもない。いずれにしろ、あいつのことを私からはなにも言えない。すべてあいつから聞いてくれ」

ルドルフはそう言うと、菓子の袋を抱えたまま、馬に飛び乗った。カツカツと音を立てて馬に乗ったルドルフが去っていく。

ひんやりとした夜の風が十和のほおを撫でている。

教会の鐘の音が鳴り響くなか、プラハの街はすでに宵闇《よいやみ》に包まれ始めていた。ライトアップされた教会があざやかに浮かびあがって見え、空には冬の星座が煌めいていた。

「――ラディクさんなら、もう帰られましたよ」

ルドルフとわかれたあと、動物病院にもどると、そんなふうに言われた。

めずらしい、いつもは十和の仕事が終わるまで待っているのに、と思いながら、自宅にもどると、ラディクが通いの家政婦とともにキッチンに立っていた。

「なるほど、これはこういうふうにすればいいのか」

長めの髪を後ろで束ね、藍染《あいぞめ》の花柄のエプロンをつけて、家政婦のオルガの横に立ちながら夕飯作りを手伝っている。

「ラディクさん、料理のセンスがありますよ。レシピだけで日本食まで作るなんて」

「十和先生に食べて欲しくて」

「きっと喜んでくれますよ」

キッチンの戸口に立ち、十和が呆然と見ていると、ラディクがふりかえる。

「十和先生、お帰りなさい。ご飯、作っておいたから一緒に食べよう」

そこに並べられていたのは、レタスとトマトのサラダ、カリフラワーの天ぷら、牛のリブロースを根菜と一緒に煮こんだシチューと一緒に、鶏肉《とりにく》とキノコと人参《にんじん》を使った炊《た》き込みご飯だった。

「うそ、信じられない、これ、お母さんが昔よく作ってくれた……」

コートも脱がずに十和が驚いた顔で突っ立っていると、オルガが皿に盛りつけながら笑顔で言う。

「十和坊ちゃんに食べて欲しいからって、彼、毎朝、朝食の支度も手伝ってくれていたんですよ。今日は、日本食にあうライスを発見したからと連絡をしたら、ラディクさんが飛んで帰ってきて」

ああ、それで早く帰宅したのか。

キッチンの隣室にあるダイニングに行き、ラディクと向かいあって食事をする。

「いただきマス」

十和が両手を合わせて食べようとする前に、ラディクが日本語でそう言って両手を合わせて呟く。

「すっかり覚えたんだね、その日本語」

十和が言うと、ラディクは二人のグラスに赤ワインを注ぎながら、少しばかり語尾がたどたどしい日本語を口にした。

「いただきマス、ごちそうサマ……それから、ありがとうございマス、お料理おいしいデス」

「すごいね、日本語も話せるんだ」

十和が感心したように日本語で返すと、ラディクはそのまま日本語で話しかけてきた。

「おいしいデスか?」

「あ、ああ、おいしいよ」

炊きこみご飯をそっと口のなかに含むと、日本の出汁《だし》とは少し違うような気がしたが、それでも淡いブイヨンの効いたライスがとてもおいしく感じられた。

噛めば噛むほど甘くなっていくライス。小さくカットされた鶏肉もキノコも人参もなにもかもライスととてもうまく混ざりあって何杯でも食べられる気がした。

「今日の十和先生は、診察がめまぐるしくて疲れているだろうから、胃に優しく解《ほど》けるようにとたっぷり煮こんだリブロースのシチュー」

ラディクがそう言ってシチューを皿に盛ってくれる。

こってりとした風味ではあるが、やわらかなまろみがあって、喉の奥を通っていくだけで身体の芯まであたたまって幸せな気持ちになっていく。

食事をこんなにおいしいと感じたのは、久しぶりかもしれない。

「おいしい。ラディク、ありがとう。こんなにおいしい料理は初めてだよ。ううん、きっと今までもおいしかったんだと思うけど、ぼくが気づかなかっただけなんだ」

オルガにちゃんとお礼を言わなければ、と思っていると、前に座ったラディクがそっと十和の手をにぎりしめてきた。

「十和先生、いつも一人で食事をしてきたんだよね。だからご飯がおいしいって気づくことがなかったんだよね」

「ラディク……」

ラディクは目を細め、じっと十和の目を見つめた。

「子供のころ、十和先生は家族で食べる朝ごはんが大好きだったよね。そのときだけ、忙しい家族が四人そろうから。俺には、四人で、ここで楽しく食卓を囲っている家族の姿が何となく見える。そんな気がする」

実際は見えるはずがないのに、ラディクがそんなふうに言うと、ふいに記憶のなかの家族の光景がうっすらと甦《よみがえ》ってきて、その場にもどったような錯覚を抱く。

『いただきますとごちそうさまを忘れちゃダメよ』

笑顔で両手を合わせる母。そんな母を愛おしそうに見つめている義父。

テストがあるからとテキストを読みながら朝食を食べようとしている義兄のつむじを、義父がゴツンと拳《こぶし》でつつくと、義兄がしまったと言う顔で、肩をすくめて苦笑する。

それを見ながら、腕に抱いた小さな仔犬にミルクを飲ませている十和。

みんな、ほほえんでいる。幸せそうに食事をかこんで笑っている。

「いただきますとごちそうさま。十和先生の大切な笑顔の思い出。これからは俺と一緒にご飯を食べて、いただきますとごちそうさまをして欲しい」

ラディクは手を離し、ワイングラスを手にとって、乾杯をするときのように十和のグラスに近づけてチンと音を立てた。

「これからは、毎朝、俺が朝食作る。オルガさんから、許可ももらった」

「え……」

「毎朝、十和先生から、いただきますとごちそうさまを言ってもらえるから、これからは俺が作るからね。いいよね?」

瞬きもせず、蒼い目でまっすぐ見つめられ、十和はうなずいていた。

「え……ああ」

するとラディクが口元に艶やかな笑みを浮かべる。

「よかった。これからは、俺があなたの笑顔を作れるんだ」

「ぼくの笑顔?」

「そう、笑顔の食卓を作る。あなたの笑顔を見たいから、あなたをたくさん愛して、毎朝、朝食作りたい。それが俺の幸せだから」

美しく、透明感のある笑顔でそんなふうに言われると、胸の奥が甘く疼いてしまう。

本当に天使なのではないだろうか、彼は。

どうしよう。一秒ごとに惹かれていっている。だんだん好きになっている。こんなに優しくて、こんなに思いやりにあふれていて、こんなに一途《いちず》に慕ってくれる相手をどうして好きにならずにいられるだろうか。

そんなふうにこみあげてくる思いに胸が震えたが、一瞬、ルドルフの言葉が耳の奥によみがえり、十和は視線を落とした。

『実際のラディクは天使の正反対……。と言っても、悪魔じゃないけど』

悪魔ではないが、天使とは正反対というのはどういうことなのだろう。

『あいつが望んでいるものは、おまえの愛だ』

ラディクが望んでいるのは、十和の愛。彼から、愛して欲しいとは言われていない。けれど愛しているとは言われている。愛している、だから愛して欲しいという意味がその先にあるのだろうか。

十和はグラスを手にとって、甘い芳醇《ほうじゅん》な香りのするワインに口を近づけた。

どうしよう、これ以上、惹かれたら、多分、彼を愛してしまう。こみあげてくる想いを押しとどめるかのように、十和は酸味の効いたワインを飲みほした。

「十和先生、おかわりは？」

ボトルに手を伸ばすラディクに気づき、いや、と首を左右に振る。

「もういい、今夜はいいよ。ごちそうさまでした」

両手を合わせて呟いて立ちあがると、同じように立ちあがってラディクが顔を近づけてくる。

キスが欲しいんだというのがわかる。

「ありがとう、おいしかったよ」

十和はそっと触れるか触れないかでラディクの唇にキスをした。

軽く唇と唇を触れあわせるだけのキス。ここから先にはまだ進んでいない。けれど進みそうな予感がする。

「じゃあ、俺はオルガさんの後片付けを手伝いながら、明日の朝食の仕込みをしてくるから」

「朝食の仕込みって?」

「内緒」

いたずらっ子のように微笑してラディクはそう言うと、食べ終わった皿をワゴンに乗せてキッチンへともどっていった。


「十和、あいつは、何者なんだ」

ラディクがキッチンに入っていったのを見届けたかのように、ダイニングにダミアンが姿を現した。

「何者って……なにかあったの、義兄さん」

ひどく憔悴《しょうすい》した顔をしている。なにかあったのだろうか。

「こっちへきてくれ」

義兄は十和の腕をつかみ、一階の奥にある書斎へとひっぱっていった。中に入ると、鍵をかけ、鞄のなかからタブレットを取りだす。

「見ろ、この動画を」

ダミアンが見せたのは、理化学研究所の会議の場面を録画した動画だった。白壁で囲まれた無機質な会議室。中央に置かれた楕円形《だえんけい》のテーブルに、白衣姿の科学者たちがずらりと座っている。

その中央に立っているのは、白衣姿のダミアンとラディクだった。ラディクは保護センターのチームユニフォームを着ている。ということは、今日の映像ということか。

「これは今日の……?」

「そうだ、午後に一時間ほど、ラディクに会議に加わってもらった。どうしても彼の頭脳が必要だったんでね」

彼の頭脳によって、なにを解明しようというのか。

十和はそこから流れてくる動画を食い入るように見つめた。


会議室の中央――。

プロジェクターの前で、パソコンを操作しながらラディクがなにかじっと見つめている。

『この血液を使って、複製体《クローン》を作るのが可能かどうかと言われれば、答えは不可能ではない』

ラディクが見ているのは、ゼマン教授が残しておいた血液サンプルのデータらしい。一年前、彼のもとで手術を行ったという男の血液……。

『これまでの生物学的な方法では不可能だが、インドの科学研究所高エネルギー物理学センターで提唱している理論をベースに、一個一個のアミノ酸の塩基配列の遺伝コードが、もともと量子コードだったとし、量子情報理論の数学にまで至れば、自然と答えが見えてくるはずだ』

ラディクは十和の前にいるときとまるで表情が違う。冷たい表情、それに感情の起伏のない機械的な人形のような話し方をしている。

『つまり狼王の複製体を作ることは可能だということなんだな』

会議に加わっているゼマン教授が立ちあがってラディクに問いかける。

『そう、可能だ。その量子アルゴリズムを解明すれば』

『解明できるのか』

『俺にできないことはない』

ラディクの返事に、会議室がざわめく。

『では、すぐにでもチームに加わってくれ。そして一刻も早い解明を』

『イヤだ』

ラディクは艶笑を浮かべると、目の前にあったパソコンのキーをクリックした。

『ちょっと待ちなさい、なにをしているんだ』

『データを破壊した』

『何だって、なにをするんだ、おまえはっ！』

ダミアンが怒気の加わった声をあげ、ラディクにつかみかかろうとする。ラディクはその手を払いのけ、ゼマン教授を射すくめるように強くにらみつけた。

『……っ』

その眼差しにゼマンだけでなく、全員が気圧《けお》されたように硬直している。

『ロシアのスパイに情報を売り、十和先生を殺そうとした。俺はおまえを許さない』

ラディクの面前にいたゼマン教授が、バレたのかという顔をして後ずさりかけた。だが妖《あや》しく煌めいた蒼い眸に釘付《くぎづ》けにされたかのように、ゼマンは全身を震わせ、その場で硬直している。

じりっと歩み寄り、ラディクは急に艶かしく微笑した。

魔性の生き物のように、相手が恐怖に震えているのを愉悦するかのような、冷ややかで残忍な眼差しのまま。

それまで十和が一度も目にしたことがないラディクがそこにいた。これがラディクなのか——と目を疑うほど、完全に異質な空気をまとった男がいる。

『違う、私は……』

言い訳をしようとするゼマンを、ラディクはさらに鋭利な眼差しで射ぬいた。次の瞬間、雷に打たれたようにゼマンがピクリと身体を痙攣《けいれん》させ、その場に膝から崩れ落ちていく。

そのとき、一瞬、声という形ではないが、低く脳に反響するような音が響いてきた。

——いいのか、未来永劫《みらいえいごう》、闇に包まれ、地獄の業火《ごうか》で永久に灼《や》かれることになっても。

その声はラディクのものなのか、それともただの錯覚なのか。

動画を止めてもう一度聞こうとしても聞こえてこなかった。

そのまま続きを見ると、ラディクの視線に突き刺されたようになったまま、ゼマンは床に頭をついてひれ伏したような姿勢で泣き始めた。

『ゆ、許してくれっ、病気の妻のために金が必要だったんだ。治療に必要な分だけ金をやると言われたので……それで……あのとき、つい十和くんがサンプルを持っていると……連絡して』

泣き叫びながら言うゼマンを見下ろし、ラディクは冷ややかに言った。

『それだけではないだろう。大学での地位争いでハヴェル博士に敗れた恨みから、彼の一家を陥《おとしい》れるつもりだったくせに』

『それもある。だが、妻のために本当に金が必要で』

『人の寿命には限りがある。おまえの妻はもう間もなく寿命が尽きるだろう。せめて犯罪者としてではなく、人として見送ってやれ』

そう告げるラディクの周囲に青白い焔のような、異様な揺らめきを感じ、十和は息を止めた。

あれは何なのか。彼は何者なのか。

目を凝らして動画を見ていたが、画面はそこでプツリと切れた。

「ここで終わり?　このあと、どうなったの?」

「結局、ラディクはすべてのデータを破壊してしまったよ」

タブレットをしまい、ダミアンは忌々しそうにため息をついた。

「コピーは?」

「コピーも破壊されていた。どうやって破壊したのかわからないが」

「コピーも……じゃあ、研究は」

十和の言葉に、ダミアンは苛立ちをぶつけるかのように、拳で壁をドンっと叩いた。

「義兄さんっ!」

「やり直しだ。すべて最初から。あの男、なにが目的であんなことを」

「……っ」

「ぶっ殺してやりたかったが、やめたよ。犯罪者になる気はないからな。それに父さんから彼に従えとも言われたし」

「義父さんがそんなことを?」

「そうだ、あのあと、父さんが病院から抜けだして、あの場にきて、何とかことを収めようとした。すべてラディクに任せろ、彼のすることに従えと」

「ラディクに任せろって……義父さんが本当にそう言ったの?」

ダミアンは頭を抱え、大きくかぶりを振った。

「何でだ、どうしてずっと一緒に研究をやってきた実の息子の私ではなく、父さんはラディクのやることを支持するんだ。任せろって、あんなやつに従えって。あいつは何者なんだ」

十和の肩をつかみ、ダミアンが大きく肩を揺すってくる。

「わからないよ、ぼくだって、義父さんが雇えと言ったから雇ったんだから。義父さんが彼とそういう契約をしたからって」

「契約って何なんだ。いつのまに義父さんがあいつと契約なんてしているんだ。まるであいつの操り人形じゃないか。おまえだってそうだ、あんな甘ったるいキスなんてして」

「さっきの……見てたんだ」

「あいつと寝たのか」

「やめてくれ、そんなふうに言うの。何もしてないよ、彼とはそんなんじゃない」

「なら、誘惑してやれよ。あいつはおまえに惚れているみたいだし、骨抜きにして、あいつの目的をさぐれよ」

「イヤだよ、そんなこと。だいいちぼくが他人を誘惑できるわけないだろう」

「俺がこんなに困っているのにか？」

ダミアンは十和の襟《えり》につかみかかった。いつもの高圧的な態度でにらみつけられたが、十和はひるまずにじっと義兄の顔を見あげた。

昔は優しい人だったのに。こんな下品な提案をして、こんなひどいことを……。

「困っていても、そういうことはできない。納得のいくことなら協力は惜《お》しまないけど、良心に反することはできない」

きっぱりと返した十和から手を離すと、ダミアンは苦笑した。

「変わったな。おまえがそこまではっきりと俺に反発するなんて」

「義兄さん……」

「いや、反対だ。変わらないのか。子供のときのまま、綺麗な心を保っているのだから。母親の作ったセンターで捨てられた犬の世話をしていたときから……おまえはまるで変わらない」

ダミアンは壁にもたれかかり、ため息をついた。

「だからおまえにはわからないんだろうな。アメリカの研究機関に、ギリギリのところで先を越された悔しさ。しかも実力ではなく、部下に裏切られて……。野心家の妻から侮蔑《ぶべつ》の目をむけられ、父さんからは、おまえは未熟だから人を見る目がない、だから手柄を奪われたのだと言われた」

以前に、ダミアンはほんのタッチの差で、アメリカの研究機関に研究の成果を先取りされた。

原因は助手の裏切り。それまでも研究に対する情熱は凄《すさ》まじかったが、手段を選ばなくなったのは、それからかもしれない。高圧的で、人もなげな態度を取るようになったのも。

「わかったよ、誘惑の件は忘れてくれ。だが、あいつがスパイかどうかだけはさぐって欲しい」

「スパイ?」

十和は眉をひそめた。

「そう、産業スパイかどうか」

「スパイはゼマン教授だったじゃないか。ラディクは……スパイなんかじゃないよ。病気で長く入院していたんだ。食べ物も制限されていたみたいだし、世間のこともよくわからない。そんな人間がスパイのわけが……」

「だがどれだけ調べても、ラディク・ムハという男の足跡がないんだ。彼がこれまでどこに住んでいたのか、どこでなにをしてきたのか、一体何者なのかまったく。共産主義時代に誕生し、秘密裏に育てられたスパイと考えるのが正しいのじゃないか」

「秘密裏に? それはないよ、彼はルドルフの遠縁だから」

十和の言葉に、ダミアンは拍子抜けしたような顔で、一瞬、硬直した。

「ルドルフというのは、ボヘミアの森にいるヴォルファルト侯爵家の?」

驚いた声で問いかけてくる。

「そう、ルドルフがそう言っていたから」

「なるほど。ヴォルファルト侯爵家の。そうか、わかった。やはり黒幕は侯爵家か」

「黒幕?」

「人狼伝説の裏にいる一族だよ。こうなれば侯爵家ごと調べる必要があるな」

驚愕した表情から一変し、不敵に微笑するダミアンを見ていると、十和の背筋に寒気が走る。なにか得体の知れない闇を、ダミアンのむこうに感じて。

「義兄さん、やめようよ。もう伝説のことをさぐるのは。人狼伝説の謎を解明しても、世界の人たちには何の役に立たないじゃないか。この世にいるかどうかわからないような、多分、いたとしても、絶滅寸前のような生物なら、伝説のままにしておいても……」

「おまえも私を裏切るのか」

「裏切るもなにも、ぼくは最初から研究に関わっていないよ」

「また私に逆らうようなことを。それを裏切りというんだ。……あいつのせいか?」

「あいつ?」

「あのわけのわからない男だよ。いつのまにか父さんとおまえの心に入りこみ、支配しているかのようだ。もういい、おまえにはなにも頼みはしないよ」

「義兄さん、そういう言い方は……」

「もういい。おまえと議論をする気はない。話しかけると嬉しそうにほほえんで、素直で一途なところが愛玩《あいがん》動物のようで、私がいないとダメな気がして可愛かったが、すっかり生意気になって、チームに誘っても入ろうとしない」

「それは……臨床がしたいからだと」

「その代償がそれか」

「え……っ」

ダミアンは十和の前髪をあげ、忌々しそうな眼差しで額をにらみつけた。

「醜い火傷の痕が残っている。手首にも。ここにキスするのが大好きだったのに」

「……っ。それはどうしても仔狼を助けたくて」

「ああ、立派だよ。本当に立派だ。だからかな。獣医として、凛々しく生きようとするまっすぐさに触れると、おまえへの気持ちが失せていくよ。あまりにもすごすぎて、私の知っている可愛い十和じゃない気がして」

ダミアンは吐き捨てるようにそう言うと、十和に背をむけて書斎をあとにした。そしてそのまま家から出て行ってしまった。


（おまえへの気持ち……。義兄さんにとって……ぼくは愛玩動物だったのか）

意見を口にしたとたん、気持ちが失せてしまうような、その程度の存在でしかなかったのだ。

一人の人間として見られていたのではなかったのだと思うと、さすがにちょっとへこんでしまう。

恋愛感情があったわけではないので、そこまで深く傷ついてはいないのだが。

（でも義兄さんが優しかったことには変わりないし、ぼくがここにいて、こうして生活できているのは、義兄さんがいたからだし）

そのことへの感謝の気持ちは今も存在する。だからこそ、自立する姿を認めて欲しいと思っていたが、義兄にとっての十和は、保護対象、愛玩動物のままでしかなかった。

そのことに十和は無性に淋しさを感じる。

義父の死が近いせいなのはあるだろう。ひとりで生きていけるようにならなければと思っても、やはり大事な人に死が近づいている現実はとても哀しくて辛いことだ。

義兄と自分は、家族としてもっと義父のことを通じて心をつなげていくべきだと思うのだが。

気持ちがどんよりとしてきたので、十和はそれをふりはらおうと、プールにむかった。

自宅の二階にあるプールとサウナは、昔から、健康のため、たまに利用する。

膝のあたりまである濃紺に白のストライプの入った水着を身につけ、十和はプールに飛びこんだ。

ラディクは何者なのだろう。ゼマン教授を前にしたときの、あの青白い焔をまとったような圧倒的なオーラは何だったのか。

現場にいたわけでもなく、動画を見ていただけなのに慄然《りつぜん》とした。

十和の前では一度も見せたことがない姿。あれも彼の一部。そして十和の前にいる優しく美しい青年も彼自身。

（ラディクに任せろ、か。その義父さんの……最後の願い）

ラディクに人間らしい社会生活を教えて欲しいという言葉の意味は何なのか。

そんなことを考えながらしばらく泳いだあと、十和はプールサイドにあがり、バスローブを身につけ、チェアに座って虚ろな眼差しで水面を見つめた。

天窓から月明かりが照らしている薄暗い夜のプール。

窓から差しこんでくる月明かりのせいなのか、それともプールの底の四隅についた小さなライトのせいなのか、プール全体がマリンブルーに染まっている。

どこからともなく聞こえてくる教会の鐘の音。百塔の街とうたわれるプラハは、いつもこんなふうに教会の鐘の音が絶えず響いてくる。

鐘と鐘の音が重なりあうように聞こえてくる音にぼんやりと耳を傾けているうちに、いつしか水面に金髪の男のシルエットが映りこんでいた。

月の光を浴びている長く伸びたその影にハッとして顔をあげると、反対側のプールサイドに佇んでいるラディクと視線が合う。

彫刻のように美しい男。一瞬、十和の身体に緊張感が走る。

プール全体を包んでいるアクアマリン色の色彩のせいもあり、さっきの青い焔を揺らめかせていたような動画のなかのラディクを思いだしたからだ。

「俺も……ここで泳いでいい？」

しかし問いかけてきたのは、いつもの甘く優しい雰囲気のラディクだった。ホッとして十和は微笑した。

「あ、ああ、どうぞ、自由に」

「十和先生は泳がないの？」

「休憩しているんだ。ぼくはいいから」

「そう、じゃあ、泳いでくるね」

ラディクは十和と同じように膝丈までの水着を身につけていた。

「あ、十和先生、これ、差し入れ」

ラディクは手にしていた小さなミネラルウォーターのボトルをポンと十和のいる場所にむかって放り投げた。

とっさに立ちあがって十和は手を伸ばした。綺麗な放物線を描いたそれが十和の手元に落ちてくると同時に、ラディクはプールに飛びこんでいた。

（細身だけど、よく見れば……均整のとれた綺麗な身体をしている）

初めて会った日の翌朝、シャワーに入れたときもそんなふうには思ったが、あのときは十和もずぶ濡れだったし、彼の体軀のラインまで見るだけの余裕はなかった。

ラディクもバスタブで丸まっていたし、シャボンの泡にまみれていたので、はっきりとわからなかったというのもあるが、こうしてただその姿を眺めていると、瑞々しい若さと大人の男としての魅力を見事なまでに調和させた官能的な筋肉のラインを持っていることに改めて気づく。

『あいつと寝たのか』

義兄の声がふっと耳の奥でよみがえる。

寝ていない。けれど、これまでつきあったどんな男性よりも彼に惹かれてはいる。

キャップを開け、冷えたミネラルウォーターを喉に流しこんで気持ちを落ちつけながら、十和はプールサイドに座ってラディクが泳ぐ姿を見つめた。

巨大なアトリウムに光が差しこむように、月の光を浴びて水面が美しく揺らめいている。

ささいな音でも反響しそうなほど静かな空間に、パシャ、パシャ……と、ラディクが水をかき分ける音だけが響いている。

長い腕が優雅に水をかくたび、そこから生まれた静かな波がゆるやかにプールサイドへと広がっていく。

その姿は、誰もいない夜の海を独り占めし、ゆったりと遊泳を楽しむイルカかシャチのようにとても自然で、とてもなめらかだ。そしてプールの底に刻まれた彼の影を見ているだけで、どれほどしなやかで無駄のない体軀をしているのかがわかる。

「十和先生、一緒に泳ごう」

こちらのプールサイドに着くと、そのまま水から上がってきて、ビーチベッドに座っている十和に近づいてきた。

毛先から水が滴り、彼の首筋や胸板を伝って床へと落ちていく。胸部や腹部のあたりにひきしまった筋肉の美しい影が刻まれていたが、暗くてあまりよく見えなかった。

それよりも目の前にいるラディクの顔を十和は不思議な思いでじっと見あげた。優しくて温和な表情。ここにいるのは、自分の知っているラディクだ。あの動画とは違う。

「どうしたの？」

目を細め、ラディクが顔をのぞきこんでくる。

「あ……いや、何でもない」

顔を背けると、十和はビーチベッドの横にあった棚に手を伸ばし、バスローブとタオルとをラディクに手わたした。

「十和先生から……イヤな男のにおいがする」

「え……」

再び、顔をあげると、バスローブをはおり、ラディクが水の滴った前髪をかきあげながらじっと十和を見下ろしてきた。

「でもよかった、もうダミアンとは愛しあってないね」

「……っ……どうしたんだよ、突然」

「昔は、あの男と寝ていた。でも今は誰とも寝ていない」

十和はごくりと息を呑んだ。

「どうしてそんなことを」

驚きと困惑と羞恥《しゅうち》で目の下やほおの皮膚が無意識に震える。

「いろんなものが見える。あなたはあの男が結婚したあと、いろんな人に誘われるとそのままベッドに行った。けれど今は行っていない。どうして」

「そういう話はやめてくれないか」

「知りたい、どうして誘われてもベッドに行かなくなったのか」

「そんなこと教える必要はない」

「ある。知りたい」

「どうして」

「大事なことだからだ」

「何でそれが大事なんだよ」

目を細め、じっと見あげると、彼は淡く微笑し、十和の髪をそっと梳《す》きあげていく。子供をあやすような動きだった。

「あなたを俺のものにしたい。俺と愛しあって欲しいから」

「ラディク……」

「あなたが愛しい」

「愛しいって」

「十和先生が大好きだ。だから愛しあいたい」

「……」

「俺と愛しあって。あなたが大好きだ、好きで好きでどうしようもない」

切なそうに目を細め、さらに身体を強く引き寄せられる。

「好きって……」

そんなことを切なげに言われ、胸が高鳴らないわけがない。どうしよう、どうしたらいいのか。

「ここ……触らせて」

ラディクは十和の額に手を伸ばしてきた。

「ラディク……」

「火事のときの火傷……。仔狼を助けたときの」

「ああ……そうだ。あの火事を知っているって言ってたね」

「十和先生は自分が火傷をするのも厭《いと》わず、仔狼を助けた。ここを火傷して、手首も火傷して……救急車の男性は、病院に連れていこうとしたのに、あなたは断って、仔狼を助けた。そのせいで治療が遅れて、あなたの火傷は消えなくなった」

「よく知っている。そこまで見ていたのか」

「まわりからひどいことを言われることもあるだろう?」

ダミアンからも醜いと言われた。でもおかげで、彼の本心がわかってよかった。自分は彼の愛玩動物ではないのだから。

「たまにね。でもいいんだよ、気にしない」

「何で? こんなに額にも手首にも火傷の痕が残っているのに。マイセンの陶器のように綺麗な肌のなかに、こんなひどい痕が」

「でも、命のほうが大事じゃないか。ぼくはむしろ誇りに思ってるよ。これは狼の命を助けた勲章なんだって」

笑顔で答えた十和に、ラディクは泣きそうな顔をした。

「どうしてきみがそんな顔をするの」

「やっぱり好きになってよかったと思ったから。十和先生のそういうところが大好きだ。そう、そういう十和先生だから好きになった。この火傷の痕もなにもかも好きだ。だからあなたと愛しあいたい」

「愛しあえないよ。愛なんてない……ぼくは愛することができない人間なんだから」

これまで何度言われたことか。淋しさを埋めあわせているだけだと。

「そんなことない、あなたはあの狼の命に愛しさを感じた。優しくて愛情深い人だ。誰よりも大きな愛を持っている」

こちらをいたわり、甘く包みこもうとするような指の感触。

火事のときのことを思いだし、それまで、いっぱいいっぱいに張り詰めていた糸が、ぷつりと心の底で切れるのを感じた。あのとき、確かにあの小さな狼に愛しさを感じて、あの命を救いたい一心で助けたことを思いだしたからだ。

「ん……っ」

感情の塊のようなものが胸の底からどっとこみあげてくる。涙腺《るいせん》がゆるみ、熱い涙がこめかみを濡らしていった。

「それから、銃で撃たれた白い狼を必死に助けようとしたあなたも好きだ。仔狼を助けたとき、俺はあなたに恋をした。そして白い狼を助けたあなたをもっと好きになった」

「ラディク……」

「愛したい。あなたを愛させて」

なぜか涙が止まらなくなってしまう。

形のいい額から垂れた絹糸のような金髪が額をさらりと撫で、やがて視界が暗くなったかと思うと、ビーチベッドに十和を横たわらせ、ラディクがのしかかってくる。

ラディクの唇が十和の唇を熱っぽく包みこんでいく。

「ん……っ……っ」

唇で唇をなぞったり、少し舌先を絡めたり、吐息を吸ったりと、甘くて優しくて蕩《とろ》けてしまいそうなキスがくりかえされていく。

いつものくちづけとは違う。互いの舌を絡めあわせていくくちづけに頭の芯までくらくらとしてくる。ラディクはバスローブを身に纏《まと》ったまま、十和の水着を下ろしてひざを大きくひらいてその間に入ってきた。

ラディクの視界に下肢が晒され、十和はとっさに身体をこわばらせた。

「や……ラディク……そこは」

「恥ずかしがらないで。俺は、十和先生のすべてを愛したいだけだから」

十和の下肢に顔を埋め、ラディクが性器に舌を這《は》わせていく。ほんの少しの刺激で、緊張して感じやすくなっていたのか、十和の性器はすぐに形を変え、先端に蜜《みつ》をにじませ始めていた。

「……ん……っ」

たまらず吐息が漏れる。軽く、羽毛のようにやわらかく舌で先端の割れ目をつつかれ、それだけで射精してしまいそうなほど感じてしまう。

「ん……っふ」

とろとろと滴る蜜を舌先ですくいとり、ふっとラディクが囁《ささや》く。

「よかった、発情している証拠。すごく甘い」

「えっ……な……そんなこと……口にしないで」

「まだ口にしていない。これからもっと口にして確かめる」

意味が違うと言うだけの余裕はなかった。

ラディクはもう一度十和の性器に唇を近づけると、ぐっしょりと濡れた性器の先端をゆるゆると舌先でつついたり、嬲《なぶ》ったりしたあと、今度は絡みつかせるようにして快感を煽ろうとする。

「ああ……ああ……っああ……っ」

彼の舌が生き物のように蠢《うごめ》いて、これまで感じたことのない快楽がそこから突きあがってくる。無意識のうちにラディクの髪をつかみ、十和は身をよじらせていた。

「こういうのは好き？」

「わから……な……あ……っ」

「好きなんだよね、さっきよりも蜜の味が濃くなっている」

「やめて、そんなこと……言うのは」

「じゃあ、十和先生が言って」

「え……」

「教えてくれないとわからない。どこが好きか。知らないから、なにもかも初めてで」

「……っ」

一瞬、冷静になり、十和は目を見ひらいてラディクを見下ろした。

「ウソだ……」

「ウソじゃない。俺はなにも知らない、知識としては知ってる。でも舌を絡めるキスだって、人と愛しあうのだって、初めての経験だから」

本当に？　いや、確かに社会生活自体が初めてならば、それもわかるけれど、こんなにも綺麗で、艶やかで、引き締まった体躯や魅惑的な空気をまとった男がなにもかも初めてだなんて。

「だから教えて。ここ、舐められたら気持ちいいの？」

すがるような眼差しでじっと見つめられ、十和は羞恥にほおが熱くなるのを感じながらも、小刻みにうなずいていた。

「いい、いいよ、それでいいから」

「こう？」

「そう……そう……そこ」

恥ずかしい。けれど彼がなにもかも初めてで、一生懸命、こちらの好きなところをさがしながら愛し合おうと努力しているのだと思うと、恥ずかしがるのが申しわけないような気がした。

「すごい、十和先生はここも綺麗だね」

ゆっくりと形を確かめるようにラディクの舌先で嬲られるうちに、だんだん理性がなくなって自分だけ気持ちよくなってしまいそうで怖くなってきた。

「……ま……待……っ」

髪をつかんで本気でラディクを自分から離そうと試みる。けれど次の瞬間、すぅっとやわらかく裏筋を舐められ、腰のあたりに電流のような痺《しび》れが走って、十和は大きく身をのけぞらせた。

「ん……あ……ああっああっ」

これ以上……耐えられない。ラディクの舌が濡れた音を立ててそこを執拗《しつよう》に弄《もてあそ》んでいく。初めてなのに、そんなにこちらの感じやすいところがどうしてわかるのか。

苦しい。もう……ダメだ。腹の奥のほうがむずむずとしてすぐにでも吐きだしたい。十和はそれでもそこに吐き出したい欲望をこらえた。

「こらえないでいいよ。好きなだけ……達《い》って……ほら、こうすればがまんできないはずだ」

「あぁっ、あっ、いやだ、あぁっ！　ラディクっ……ああ」

甘い声をあげ、いつのまにか十和はラディクの口に欲望をほとばしらせていた。がくがくとひざがわななき、十和のうなじや背筋には汗がにじんでいる。

「あ……すまない……ダメだよ、飲んだりしたら」

「何で？　もったいない。チョコレートみたいに甘くておいしいのに」

ラディクはこくりと十和の射精したものを飲みこんでしまった。

「……ラディク」

何て恥ずかしいことを。そう思ったが、倦怠感《けんたいかん》にどうにもならない。ぐったりとビーチベッドに横たわり、息を荒くしていると、ふいに後孔へとラディクの手が伸びてきた。

「ここに……挿《い》れてもいい？」

彼の指が後孔のふちをなぞっていく。

挿れて——その直截な言い方に羞恥を覚えながらも、十和はまたうなずいていた。

「い……いいよ」

「ここでの交尾は好き？　いや、違う。そういう言い方じゃないね、人間は。十和先生は、ここで愛しあうのは好き？」

「わからな……」

「男同士はここでするんだね？」

「いいから、そこでしてくれていいから……ただ少し慣らして……でないと苦しいから」

そう言ったとたん、ラディクが身体を移動させた。次の瞬間、なまあたたかなものが後孔のきわに触れ、十和は全身をこわばらせた。

「……えっ……な……」

ラディクの舌先が入り口のまわりをほぐし始める。十和は上体をのけぞらせた。

「待って……ん……あ……っや……」

さっきとは違った感触だった。舌先が潜りこみ、体内で蠢くと、下肢がぞくりと疼き、淫らな熱がじんわりとこもっていくのがわかる。まるで彼を求めているかのように。

指と舌先を使って丁寧に優しく、ラディクが懸命にそこをほぐそうとしている。その奇妙な感触に、次第に身体が甘く痺れていく。

「ん……っふ……っ」

ぴちゃぴちゃと淫らな音を立てながら、じわじわと窄《すぼ》まりを広げられていく。十和は自分の粘膜が熟れた果肉のように蕩けていくような感覚を抱いた。

心地いい。そんなふうにされていることがたまらなく心地がいい。十和の内側は自然と収縮を始めて、ラディクの舌先を引きずりこもうとしている。

「あ……ああっ……っ」

あまりの悦楽にそこだけで達してしまいそうになったそのとき、ラディクは舌を抜き、十和の足を腕に抱えた。

「いいね。十和先生のなかに挿《はい》るよ」

「……」

うなずきながら、十和は腕を伸ばしてラディクの肩に手をまわしていた。そっと包みこむようにして彼の背を抱くと、自然と硬いものが入り口に触れた。

祈るような眼差しで自分を見つめるラディクの蒼い眸。口元に小さく笑みを浮かべて十和がもう一度小さくうなずくと、グゥっとラディクの先端が体内に挿りこんできた。

「あ……っ」

たまらず十和はラディクの背に爪《つめ》を立てた。

「駄目、痛い？」

「……っ」

少し……と答える代わりに、十和の眸にうっすらと涙が溜まった。

そこに唇を落とし、拭《ぬぐ》うように啄《つい》ばむと、ラディクは愛しそうに十和の後頭部に手をまわして耳元で囁く。

「わかった。少しずつ、ゆっくりと十和先生のなかに入っていくから」

その言葉どおり、静かにゆっくりと粘膜を広げながら、じわじわと身体の奥にラディクの性器が埋めこまれていく。内臓が少しずつ彼の形に添うようにおし広げられ、腹のあたりがいっぱいいっぱいになるのがわかる。

「こう？　これで……いい？」

腰を進めながら問いかけられ、十和はうなずいていた。

「ん……そう……そこ……それでいい……っ」

やわらかく、そっと内部を埋め尽くされ、気がつけばいつのまにかすっぽりと根元まで彼を咥《くわ》えこんでいた。

ドクドクと体内で彼が脈打ち、そのたび、感じやすい粘膜が刺激されて、つながっているところのすべてがとても気持ちよくなってきていた。

「もう……平気？」

心配そうに訊かれ、十和は目を細めて微笑した。

「ああ……」

平気どころか、とても気持ちよくて素敵だ……と口にするのはさすがに恥ずかしいけれど。

「十和先生のなか……とてもあたたかくて、やわらかくて……でも狭くて気持ちいい」

「そう……よかった」

ふっと微笑を深めた十和の唇をラディクが吸ってくる。

「ん……っ」

ちゅっと音を立てて瞼やほおにキスされ、その背に腕をまわしながら同じように十和もラディクの肩にキスをした。

「腰、動かしてもいい？」

「ああ……ゆっくり……そう……」

「こんなふうに？」

「そう……ああ……ん……っ」

「大丈夫？」

「平気……もっと激しくしても……っ」

「こう？」

「ん……そう……そこ……そう……こすって」

ゆっくりと徐々に腰をグラインドされるうちに、つながった場所の摩擦が激しくなり、そこが甘く痺れていく。

「……すごい……絡みついてくる……んっ……十和先生のなか……怖いくらい気持ちいい」

「あ……あぁっ……ああ……それは……ぼくも……」

ぼくもこうされているのがとても気持ちいい。そう口にする余裕もなく、ただただふたりの肉のぶつかる音と、十和の甘い声だけがプールに反響している。

「ここ？　ここがいいの？」

「そう……いい……すごく」

「もっとさせて。今、感じるとこ……熱くなってるとこ……こすらせて」

「あああっ、あっ、いやっ、あぁっ」

十和を抱きしめながら、胸と胸を密着させて狂おしそうにラディクが抜き差しをくりかえす。その背にしがみつき、熱い息を吐きながら十和は快感に身をまかせた。

「ああっ、ラディク……ん……ああっ」

やがてひときわ強い快感が身体に広がったかと思うと、体内の奥深くで熱い迸《ほとばし》りがはじけるのがわかった。


「ん……っ」

髪を撫でていく手が心地よい。体内に熱いものが溶けていくのを感じながらうっすらと目を開けると、ラディクが少しばかり肩で息しながら十和を見つめている。

「どうだった？」

「……どうって」

「よかった？　よくなかった？」

「……よかったよ……すごく」

微笑する十和に笑みをかえし、ラディクがそっと唇を重ねてきた。

「俺もよかった。こんなに素敵な経験は初めてだ。チョコレートよりも……ずっとおいしい」

そんなふうに例える彼が好きだ。あの動画の彼とは違う、ここにいるラディクがすべてならいいのに。義兄を脅かすほどの知能もなく、ただ病院から退院したばかりで、なにも知らないで、自分のところで助手をしているだけのラディクなら。

「十和先生……俺を愛してくれる？」

髪を撫でながら問いかけられ、十和は小さく微笑した。

「うん……」

「本当に？」

「ラディクが好きだよ。だから愛しあいたいと思った。こんな感情は……生まれて初めてだよ」

十和は同じようにラディクの髪に手をのばそうとした。だが、ラディクは泣きそうな顔をした。

「そう、好いてくれているのはわかる。でも十和先生は……まだ本気で俺を愛していないね」

突然のラディクの言葉に、十和は口元から笑みを消した。

「え……」

「愛していない」

十和から性器を引きぬいて離れると、ラディクは乱れたバスローブを整えながらビーチベッドから起きあがった。

「待って……どうして」

「十和先生は俺のことが好きだ。俺とのセックスもとても気持ちよくなって、とても素敵だと思ってくれた。でも愛していないのだけははっきりとわかる」

「ラディク……待って。愛していないって……」

「じゃあ、夫にしたいと思うほど愛している？」

「え……」

「俺と結婚したい、俺と永遠にいたいと思うほど愛している?」

「それは……」

「あなたのはただの好意。でもそれは永遠の愛、真実の愛ではない」

責めるように言われ、十和は呆然とした。泣きそうな顔でじっと見つめる彼の背に、窓から月の光が降り注いでいる。

「ラディク、どうして……そんなことを言うの? ぼくはぼくなりにきみのことを愛しいと思った。だから寝た。それではダメなの?」

「ダメじゃない」

そう言いながらも絶望的な顔をしているラディクに、胸がとても痛んだ。

「ダメじゃないのに、どうしてそんな顔をするの?」

「なにも変わらないから」

「え……」

「あなたと愛しあったのに、なにも変わらないから。十和先生からまだ真実の愛をもらってないことだけはわかる」

「ラディク……ぼくはきみが大好きだよ。とっても好きだ。だからそんなふうに言わないで。真実の愛って……なにも変わらないって……どうして」

「……ごめん……」

問いかける十和の言葉に、ラディクがハッとした顔になり、首を左右に振る。

「ラディク……」

「ごめん。性急すぎた。あなたに触れられるだけでも幸せなのに……多くを望んでしまってごめんなさい。十和先生が好き過ぎて……だから抱くことができて嬉しくて……それで急ぎ過ぎた」

「きみは……なにをそんなに急いでいるの？」

「ごめん。俺のこと嫌いにならないで」

泣きそうなラディクの眸が胸に痛い。どうしてそんなふうに言うのか。

「まだ初めて結ばれたばかりじゃないか、これからお互いのたくさんのことを知って、愛を深めていけばいいじゃないか。きみのこと、絶対に嫌わないよ、大好きだよ」

「ありがとう……ごめんなさい、わがまま言って」

そう呟き、ラディクはプールサイドから出ていってしまった。

（真実の愛……真実の愛をもらっていないって……なにも変わらないって……）

彼はどんな愛を望んでいるのだろう。まだ出会ったばかりだ。ようやく好意を持ち、ラディクが好きだというのを自覚したばかりだ。

それなのに、どうしてあんなことを彼は言うんだ。

バスローブをはおり、十和は自室にもどってシャワーを浴びた。

（それとも……あの動画を見て……無意識のうちに、怖いと思った気持ちがラディクに伝わってしまったのだろうか）

ラディクがただのどこにでもいる青年だったらいいのに。天才でなければいいのに。義父さんと契約し、義兄さんを怯えさせ、ゼマン教授を震えあがらせてしまう側面がなければいいのに。

もしかすると、そんな想いが心の影となってラディクに伝わったのかもしれない。

自分の知らない彼の姿が心に引っかかったことが。

髪をぬぐいながら、十和はシャワーブースから出て、寝室のベッドへとむかった。

そのとき、窓が開いていることに気づいた。

月の明かりが皎々《こうこう》とする青白い光に包まれたバルコニー。そこからなにかの気配がした。

「あ……」

あの白い狼だった。

バルコニーにじっと佇み、十和の姿を凝視している。

「来てくれたんだ、ありがとう」

声をかけると、ゆっくりと白狼が部屋のなかに入ってくる。手を伸ばして頭を撫でると、クウンと鼻を鳴らして十和の手のひらにほおをすり寄せてきた。

「よくここがぼくの部屋だってわかったね。ああ、狼は嗅覚《きゆうかく》が鋭いから、すぐにわかるのかな。会えて嬉しいよ。ずっと心配していたんだから」

その言葉に、狼はグゥッと喉の奥を鳴らし、わずかに尻尾《しっぽ》を左右に振る。

「ここに横たわって、傷をみせてくれ」

うながされるまま、白狼は十和のベッドに横たわった。

銃で撃たれた下腹部の傷を確かめる。抜糸してから二十日あまり。もう縫い痕がわからなくなるほどまで治っていた。剃《そ》った毛ももう少ししたら生えそろうだろう。

「傷……よかった、もうすっかりいいね」

笑顔で言うと、狼は起きあがって十和に飛びついてくる。

「どうしたんだよ、そんなに甘えたりして」

ペロペロと狼が首筋を舐めてくる。鎖骨《さこつ》、それから胸肌、そしてバスローブの間から見えた乳首までも。少しピクリとして、十和は彼の動きを止めた。

「ごめん、こんな格好で。どうする、このままここで眠っていく？」

問いかけると、狼はくるりと身体を丸め、十和にもたれかかってきた。

十和の身体をすっぽりと包みこめるほど大きな狼。その被毛にほおを寄せながら、十和は同じように彼にもたれかかった。

すると身体を丸め直し、十和を抱きしめるようにくるんでくれた。

「今日ね……初めて好きな人と愛しあったんだ」

ぼそりとひとりごとのように呟くと、狼が十和の顔をじっと見つめる。

「大好きなんだけど、その人の望む愛じゃなかったって傷つけたんだ。でも大好きなんだよ、ぼくはその人のこと。一緒にいたら幸せな気持ちになるから」

話していているうちに涙がこみあげてくる。そんな十和の額を狼が舐めてくれる。あの火傷の痕を慰撫《いぶ》するかのように。

「ありがとう、慰めてくれるんだ」

グスグスと泣いている十和を懸命に慰めようとするかのように狼が額やまなじりを舌先で舐めてくる。そのぬくもり、その思いやりが嬉しくて、十和はほほえんでいた。

「ごめんね。せっかく会いにきてくれたのに、湿っぽい話をして。きみに会えて、とっても嬉しいんだよ。明日、病院で検査したいから、今夜はここに泊まっていってくれるよね」

彼の被毛を撫でながら言うと、また額をペロリと舐めてくれた。

あたたかな身体に包まれ、優しい舌のぬくもりを感じていると、ラディクの姿が頭をよぎり、胸の奥が軋《きし》んだ。

(そうか……そういうことか)

今、この狼の前で涙を流してハッとした。

こうした姿を十和はラディクには見せない。ラディクを愛しいと思うから、彼から少しでもよく思われたくて、泣き言を口にしている弱い自分をさらけだそうとはしない。

『俺のこと嫌いにならないで』

きっと彼は十和の心の影に気づいたのだ。彼を怖いと思ったことに。だからあんなことを言ったのかもしれない。

彼は十和の前では絶対に動画のような冷たい顔はしない。絶対に青白い焔のような空気もまとわない。

いつも優しくあたたかな空気だけ。それが彼の十和への愛の表現だから。

「ぼくは……彼を傷つけたんだね。悪いことをした」

思わず口にした十和のひとりごとに、狼がはたっと動きを止めた。そして心配そうな眼差しで十和の顔を見つめてくる。そのほおの毛に指を絡めながら、十和はぎゅっと狼に抱きついて言った。

「真実の愛ってなんだろうね。彼はぼくからどんな愛が欲しいのかな」

自分に言い訳をしているように感じた。彼のことを少しでも怖いと思ってしまった自分に。

彼を傷つけてしまった自分を反省している十和には、この狼のふわふわとした被毛がどうしようもなく心地よかった。

6　真実の愛

うっすら東の空が白み始めている。

「ん……」

朝靄《あさもや》のなか、冷たい風がほおを撫で十和はまぶたを開けた。肩に顔をうずめ、狼が満たされたような顔でぐっすりと眠っている。

ふぅとため息をつくと、十和は狼の寝顔を見下ろし、その肩にそっともたれ直した。くるりと丸まった狼に抱きしめられるように包まれながら、うとうととしていると、目覚めたのか、白狼は毛づくろいをするときのように十和のほおや額を舐めてくれる。

とくに火傷の痕を中心に……。

「大好きだよ、来てくれてありがとう」

愛しさと慕わしさがこみあげ、その肢をつかんでほおをすりよせる。

「あ、ずいぶん肉球も硬くなっているね」

肉球のあたりをにぎにぎとすると、少しくすぐったそうに狼が身体をこわばらせて肢を引っこめようとする。

「いいだろ、もっと触らせてよ」

野生の狼と添い寝して眠るなんてふつうは考えられないし、この国の法では狼を見つけたときはしかるべき機関に連絡することになっている。

けれど昨夜はラディクのことで悩んでいたので、この白い狼が来てくれたことがたまらなく嬉しかった。

そんなふうに思いながら、もう一度眠りについた十和だったが、目を覚ましたとき、狼はすでにその場から消えていた。

「え……っ」

あの狼はどこに行ってしまったんだろう。窓も閉まっている。けれどその姿はもうない。

(またいなくなってしまった)

がっかりとうなだれながら、それでも出勤時間が近づいていることに気づき、十和は着替えを済ませてダイニングへとむかった。

香ばしいパンの匂いが漂って来ている。ダイニングに入ると、エプロン姿のラディクが朝食の支度をしていた。

昨夜のことがあり、気まずさを覚えた十和だったが、ラディクはいつもどおり明るい笑みを見せながら十和に駆け寄って来た。

「おはようのキスは?」

肩をつかみ、顔を近づけてくる。十和は彼にほおを近づけた。

「あ、ああ、おはよう」

ダイニングのテーブルに白いクロスがかかり、その中央には、焼きたてのトースト、クロワッサン、それからキノコのクリームポタージュスープ、バルサミコ酢のかかったトマトとレタスのサラダ、チーズやハムの盛り合わせ。そして爽《さわ》やかな香りのするダージリン。

「これは？」

「言っただろう、毎朝、十和先生に朝食作りたいって。全部、俺がそろえたんだよ」

「え……でも使用人は？」

「使用人たちは、九時過ぎに来て、家の掃除と管理をする」

「え……」

「朝食の時間は、二人で過ごしたいからとオルガさんに頼んだ。オルガさんは、生まれたての孫とゆっくり過ごして、それから九時過ぎにやってきて、洗濯をしてくれる。さあ、時間もないから、早く食事を」

ラディクは椅子を引いて十和を座らせると、ティーカップにダージリンを注いだ。

「あの……ラディク、昨日のことは」

首をかしげ、見上げると、ラディクはにこやかに微笑し、身体をかがめて十和のほおにチュッとキスをした。

「ごめん、たくさん求めすぎたね」

「そんなことないから、謝らなくていいから」

「でもごめん、わがまま言った。俺は十和先生が愛してくれただけでも幸せだから」

むかいの席に座り、ラディクがトーストにジャムとバターを塗っていく。

「じゃあ、秘密を教えてくれる？」

「秘密？」

「ルドルフの縁者だったこと、それから昨日、義兄さんたちの会議に参加したことも……ぼくはラディクから直接聞いていない」

十和の言葉にラディクは、少しばかり視線をずらし、カリッと音を立ててトーストをかじった。

「ラディク……」

十和を無視し、トーストの次は、ハム、チーズ、トマト……と、次々とフォークで刺して口に放りこんでいくと、ラディクは、芥子《けし》の実のついた菓子パンを手にとった。

「十和先生、俺がどんなやつでも愛してくれる？」

菓子パンをちぎり、ラディクはむかいにいる十和の口の前に差し出した。

「どんなやつって」

問いかけた十和の唇の間に、ぎゅっと菓子パンを押しこむと、ラディクは自分のティーカップに手を伸ばした。そしてダージリンを口に含む。

「例えば、俺がオテサーネクだったら？」

オテサーネク？

「どうしたんだ、いきなり」

「訊いているんだよ、例えば、俺がオテサーネクだったらどうする？」

オテサーネク——チェコの有名な民話だ。

子供に恵まれなかった夫婦がどうしても子供が欲しくて樹の根っこを赤ん坊の子のようにして可愛

がっているうちに、いつしかその根っこに命が宿ってしまうという物語だ。

最終的に、どれだけ食べ物を与えても根っこは食欲が尽きず、たちまち巨大化して家畜や村人を食べてしまう。

だが、最後は老婆に農機具で破壊されて死んでしまい、木の中から家畜や村人がもどってくるというシュールな民話だ。

「きみが木の根っこのわけないじゃないか」

「じゃあ、モグラのクルテクだったら？」

「何できみがモグラなんだよ」

「じゃあ、グレゴール・ザムザみたいに毒虫になっていたら？」

「カフカの変身？　何でここで出てくるんだよ」

「……なら、死神だったら？」

「もうそんなことばかり言ってふざけてないでちゃんと教えてくれよ」

「じゃあ、俺の正体があの白い狼だったらどうする？」

その問いかけに、十和は口を噤《つぐ》んだ。

「あの白い狼って」

「昨夜、十和先生がぎゅーっと抱きしめて眠ったあの狼だよ。あれが実は俺だったら？」

「きみだったらって」

「そう、あれが俺の正体なんだ。赤ん坊のとき、侯爵家と狼の秘密をさぐろうとしていた組織に誘拐されて、それで実験動物にされそうになって、麻酔をうたれたんだけど必死になって逃げたんだ。でも追いかけられて、物置小屋まできて隠れたとき、麻酔が効いてきて動けなくなって、俺を焙《あぶ》りだそうとするやつらが火をつけて」

ラディクの話に、十和は驚いて息を詰めた。

「そのとき、十和先生が通りかかったから、組織のやつらはすぐにあの場から離れて」

「まさか……」

「そのまさかだよ。俺があのときの狼なんだから。十和先生、俺が何者でも愛せるって言うけど、あのときの狼の化身だったとしても、愛せる自信ある？」

「狼でも愛せる？」

「そう、人間じゃないんだ。俺は狼なんだよ」

真顔で言うラディクの蒼い眸を十和は驚いた顔でじっと見つめた。

ラディクがあのときの狼でも愛せるのか。

いきなりそんなふうに言われてもどう答えたらいいのか。呆然としている十和の顔を、いつものように瞬きもせずまじまじと見つめたあと、ラディクはクスッと笑った。

「え……」

小首をかしげた十和の前でラディクがクスクスと笑う。

「十和先生、まさか今の話、本気で信じたの？」

「え……あ……えっ……まさか……狼って……嘘だったの？」

「十和先生、可愛い。めちゃくちゃ可愛い、そういうところ、大好きだよ」

言いながら、器用な手つきでテーブルの洋梨の皮をナイフで剝《む》いていくと、ラディクは今度はそのかけらを十和の唇の前にさしだした。

「ひど……よくそんなことを」

「だって、あんまり真面目な顔をしているから。さあ、早く食べて」

ラディクに促され、洋梨を口に含む。

蕩けそうなほどみずみずしい果実の甘みが口内へと広がっていく。心地よい甘さを感じながら喉の奥に流しこむと、十和は真摯な顔でラディクを見つめた。

「ラディク……どんな人間でも愛せるかっていう質問だけど……今、一瞬、きみの冗談を本気で受け止めて……自分の気持ちがわかったよ」

「十和先生」

不安そうな蒼い眸が十和を捉《とら》える。

「わからないんだ、例えばきみが狼だったら愛せるかと言われたら……大丈夫だと言う自信はないんだよ」

「狼だったら愛せないの？」

十和は「多分」とうなずいた。ラディクが絶望的な顔をする。

「俺のこと、嫌いになるんだ、狼だったら」

「まさか、それはないよ。狼のことは大好きなんだよ、あの白い狼のこと、ぼくは本当に大好きなんだ。例えば、あの狼ではなくて、もしきみがオテサーネクだったとしてもモグラのクルテクだったとしても……きっと好きなままだと思うよ。でも今みたいな、肉体関係も含めた上で、実は狼や木株の化身を愛せるかといえば……自信がないんだ」

十和は真面目に自分の思いを口にした。

「自信がない？」

「そう、自信がないんだ。きみがなにかぼくの知らない顔をたくさん持っていて……それを知ったとき、それでも愛しているってはっきり言えるだけの」

「そうなんだ」

「そう、まだ今、目の前のきみを好きになったばかりだから、許してほしいんだ」

「ここにいる俺は好きなの？」

「そう、大好きだよ。本当に大好きなんだ。でも好きになったばかりで、まだ自分の気持ちがどれほど大きくなるのか、どれほど深くなるのかもわからないんだ」

「そうか。十和先生は俺を知ったばかりだもんね」

苦い笑みを漏らすラディクに、十和はうなずいていた。

「そう。だから……訊かないよ。もう知ろうとしない。自然でいい、きみのを正体が何者か、知ったときは知ったとき、知らないままでもいい」

「知らないままでもいいの？」

「ぼくの目の前にいるきみ。ここにいるきみを愛している、一昨日よりも昨日、昨日よりも今日。今日よりも明日のきみ。明日のきみよりも明後日のきみ。この気持ちは多分どんどん進化して大きくなっていくと思う。でも今、この一瞬に言えるのは、まだ目の前のきみしか愛せない。それ以上はまだ知りたくない。だから許してほしい。それがきみの望んでいる愛の形じゃなかったとしても」

十和はラディクに手を伸ばした。そしてその手の甲に自分の手を重ねた。

「それではダメかな？」

するとラディクは大きく首を左右に振った。

「ダメじゃない、全然ダメじゃない。毎日毎日、少しずつあなたが俺のことを好きになってくれると思っただけで、胸の奥があたたかくなって、涙が出そうになる」

「ごめんね」

「十和先生、謝ったらダメだ。いいんだそれで。少しずつで」

「本当に？」

「ああ、だから毎日、一緒にいてくれる？」

「いるよ」

「こんなふうに、新婚夫婦みたいに、毎日過ごしてくれる？」

「そうするよ」

「また抱いてもいい？」

「いくらでも」

「あなたも俺に抱かれるのは好き？」

「好きだよ」

十和は少しほおが熱くなるのを感じながらも、笑顔でうなずいた。

「チョコレートくらい好き？」

「チョコレートよりも好きだよ」

「じゃあ飴よりも？」

「もちろん。……そうだ、飴の食べ方、教える約束だったね」

「教えてくれるの？」

「うん……今度ね。教えたくなったときでいい？」

「いつでもいいよ。でもちょっと予行演習して欲しいって言ったら？」

「いいよ、一秒だけ。もう時間がないから」

十和は少し身を乗りだして、ラディクに顔を近づけた。

「……っ」

唇と唇を重ねあわせていく。ラディクの唇からは、甘い苺《いちご》ジャムの味がする。きっと十和の唇は梨の味がするだろう。

瞼を閉じたまま、いつしか舌と舌を絡ませあって、互いに顔の角度を変えて唇を近づけてはまた離し、舌を絡めてはまた解いて……とくりかえしていく。

幸せだなと思った。朝、大好きな人と一緒に食べる朝食。恥ずかしくなるような言葉をこんなふうに言いあう会話。そしてこんなふうに高まる気持ちのまま、自然とキスをするような朝をこれからもずっと過ごせていければどれほど幸せだろう。

「ん……っ」

唇を離すと、ラディクは十和の前髪を手で梳きあげ、そこに唇を押しつけてきた。

「ラディク……」

「あなたのすべてが大好き。本当に好きで好きでどうしようもない」

「ありがとう」

「ありがとうは俺のほうだよ。この世に生まれてきて、こんなに大好きな人ができて、こうして触れることができて、抱きしめることもできて、そんな俺を愛する人も受け入れてくれて、俺の愛を喜んでくれて……それって本当に幸せだよね。ありがとう、十和先生」

ラディクは透明な笑みを浮かべた。

やっぱり天使かもしれない。そんなふうに思った。

「ぼくも幸せだよ、ラディクに愛されてとっても幸せだから」

「本当？　あなたのこと、愛しすぎても平気？」

「いいよ、平気じゃないけど」

「え……どうして平気じゃないの？」

「だって怖いから。幸せすぎて怖くなる」

「何で？　幸せすぎたらそれでいいじゃない」

「イヤだよ、怖いから。それに新婚夫婦じゃないんだから、そこまで愛しすぎなくても、ぼくは十分幸せだから」

「イヤだ、もっともっと怖くなって。愛しすぎて怖くて困るくらいあなたのことを愛したい。毎日、新婚夫婦でいたい。あなたとの時間が続くかぎり、俺は新婚夫婦の夫、あなたは新婚夫婦の妻、あ、反対でもいい、あなたのほうがたくさん働いているんだから夫かな、そして俺は妻。毎朝、大好きな夫に朝ごはんを作る愛妻になる」

いつのまにかラディクは十和の後ろに移動し、背中から抱きしめてきた。そして耳元にキスをしたり、耳朶《みみたぶ》を嚙んだりしてくる。

「新婚生活か。ラディク、じゃあ、どうかな、これからしばらくの間、ぼくとハネムーンみたいな新婚生活送ってみるというのは？」

「え……なに、それ」

十和は首に巻きついていたラディクの手をほどき、立ちあがって自分のネクタイを整えた。

「まあ、正しくはハネムーンにはならないけど、殆どふたりきりで人のいない森の別荘のなかで半月ほど過ごすんだ。そういうのイヤじゃなかったら」

「イヤなわけない。十和先生と森のなかでふたりきりなんて最高」

「あ、仕事はあるよ」

「え……仕事はあるの？」

「明後日から、ボヘミアの森にある分院に行くんだ。毎年、行っている。森の動物が冬ごもりする前に、体質チェックや予防接種をする。それから牧畜用の羊や山羊《やぎ》にもワクチンを打つんだ。一昨年まではルドルフと手分けをしてやっていたんだけど、昨年は一人でやって……今年はどうしようかと思っていたんだ。どうせなら、きみとふたりでやってみたいなと思って」

「やる。やりたい、その間は、十和先生と森でふたりきりなんだよね」

「夜はね。ただし、患畜が運ばれてきたら別だよ」

「大丈夫。俺が患畜みたいなものだから」

「じゃあ決まりだ。ルドルフにはそう連絡しておくね。動物病院のほうは、その間は、ふだんは動物園に勤務しているスタッフが何人かきてくれることになっているから」

「嬉しい、十和先生とふたりきりで過ごせるなんてとても嬉しい」

素直に喜ぶラディクの笑顔を見ながら、彼以上にきっと自分のほうが喜んでいると十和は実感していた。

ふたりきり。半月も誰とも接触しない。その間、義兄からもラディクを離すことができる。

そのことに少しホッとしている自分がいる。

もしかして、彼が彼以外であることを望んでいないのは、自分なのではないだろうか。

彼の別の顔を知りたくない。

彼が見せたくないと思っているものを見たくない——と。


その翌日、十和はしばらくボヘミアの森の分院に行くことを告げに、義父の病室へとむかった。

「よかった、ちょうど私もおまえに話があったんだ」

義父はこの前の会議の疲れが出たのか、少し顔色が悪かった。

「大丈夫？　体調は？」

「私の心配はいい。あの世からの迎えの姿が見えるようになってからは、反対に人生を楽しむよう努力をしているし……確かに名残《なごり》は惜しいが、後悔のないように過ごしている」

「それで義父さんの話というのは？」

「私の研究のことだ」

「ああ、この前、ラディクが全部のデータを破壊したと義兄さんが言っていた……」

「そうだ。表向き、理化学研究所側には、量子生物学による人工生物の創造……といっているが本当の研究が狼人間のことだというのはおまえも知っているな」

「うん、人狼伝説、狼王の伝説の……」

「その狼王のことだが」

義父はパソコンを立ち上げ、画面を見せてくれた。

映しだされたのは、ちょうど今、プラハの市内で展示されている美術品のリストだった。

「これは……先日、修復されたばかりの『ボヘミア叙事詩』という……」

「そう、我が大学の地下で見つかったタペストリーだ。このタペストリー自体は、別に我々とは関係がない。ただここに描かれている伝説について調べているんだ」

「伝説に?」

バチカン美術館やパリのクリュニー美術館に展示されているものにも匹敵するといわれている壮大なタペストリー十枚。

戦争中に行方不明になり、社会主義時代に劣化褪色《たいしょく》してしまったそれを、大学内にある美術研究所が総出で丁寧に修復し、元通りにさせたのが一年前のことだった。

保管していたフロアでコマーシャルかなにかの撮影中に一人、日本人の職員が亡くなる火事が起き、そのとき、焼失をのがれたタペストリー十枚が、今、大学附属の美術館に展示され、世界中から観光客が鑑賞におもむいているらしい。

そのタペストリーに描かれているのが、「ボヘミア叙事詩~狼王アレシュ伝」というチェコの伝説である。

「おまえも、その童話は読んだことがあったな?」

「知ってるよ。狼にも人間にもなれるアレシュ王の伝説。子供のころからアニメや絵本でも見ているし」

狼王アレシュの物語は、チェコの子供ならたいてい誰でも知っている。たくさんの絵本になっているし、子供たちにとっては英雄みたいなものだ。

「伝説で言えば、アーサー王みたいなものだろう？　ああ、でも『ギリシャ神話』のレダやヴァンパイア、狼男、他にも白鳥の王子『ローエングリン』のほうが近いのかな。チェコにはモグラや犬が人間の言葉を話す伝説や、木が人間の赤ん坊になる話もあるし、そういう伝説がたくさんあるよね」

「そう、そのなかでもアレシュ王の伝説は我々の憧れだ」

「ぼくも好きだよ」

その伝説は、狼と人間の共存する森に囲まれたボヘミア王国の狼王アレシュが信頼する預言者と狼たちと一丸となり、虎と人間の支配する隣国の攻撃から国を守る英雄譚である。平和や自然の恵み、森の動物、とりわけ狼や犬を愛するチェコの人々の心の原点を凝縮したような伝説だと思う。

「実をいうと、ダミアンがあれだけ必死になっているのも、ゼマンがこれまでの私への憎しみから裏切り者になったのも、その昔、ボヘミアの森で見つかった狼王のＤＮＡと同じ遺伝子配列の血液が、最近、プラハ総合大学の附属病院に現れた患者から見つかったせいなんだよ」

「では……あれが」

ゼマン教授がダミアンに渡してくれと頼んだサンプル。そしてゼマン教授がロシアの研究機関に流そうとしていたもの。

「だが、その患者は行方不明だ。見た者の話だと、タペストリーの狼王アレシュに生き写しだったとか。その男の秘密をさがして、ロシア系の企業が動いている。ダミアンはラディクはそのスパイではないかと疑っていたが……そうではない」

「やっぱり」

「そう、彼はボヘミアの森で狼たちを保護している侯爵、ルドルフの縁者だ」

「ルドルフもそう言っていた」

「ある日、ラディクは、あの伝説を伝説のままにして欲しい、研究対象にしないで欲しいと私に訴えにきた」

「伝説のまま？」

「そう、伝説を掘り起こすのは、この世の摂理から外れている。そんなことをすれば世界の秩序が狂う。だからやめて欲しいと」

義父は窓の外を見つめながら、話を続けた。

「正直、とまどったよ。なにせ生涯をかけてきた研究の一つだからね。以前の私なら、ラディクの話に聞く耳を持たなかっただろう。だが、余命があと少しだとわかって……考えが変わったんだよ」

「義父さん……」

義父は十和の顔に手を伸ばし、そのほおを愛おしそうに手のひらで包みこんだ。

「もうすぐおまえの母さん、由希子《ゆきこ》のところに行く。もうすぐ人生も終わる。そう思ったとき、心のなかで問いかけてくる声があったんだ。伝説を解明していいのか、伝説は伝説、夢は夢のまま、それでいいのではないかと己に問いかけてくる自分の声だ」

おだやかな表情で義父は言葉を続けた。

「伝説が事実だったと解明して果たしてどうなるのか。アレシュ王と同じ遺伝子を持つ、彼にそっくりの男性が実験材料として、皆の好奇の目に晒されるだけだ。そう、見世物のように。もし狼の血を引く人間がいたとしても、もうこの世にどれほどの数がいるかわからないような人間を、見世物のようにしてしまう権利が自分にはあるのか？　否、それはない、一人の人間が別の人間の人生をめちゃくちゃにしていいわけがないという気持ちになったんだ」

「ぼくも……ぼくもそうだと思うよ」

「素晴らしいな、おまえは。私など死を前にしないと、そこまで悟れなかったが、おまえはちゃんとそれがわかるのか」

「わかっているのかどうかわからないけど、人狼がいたとして、その彼が実験動物扱いされたりすることに耐えられないだけで」

「だからラディクに頼んだんだ、すべてのデータの破壊を。あの世とこの世の境にかかる橋をわたるとき、少しでもそれが天国に行く免罪符になればいいという気持ちとともに」

「そんな……。免罪符だなんて」

「天国に行かないと、由希子に会えないじゃないか。だからこの世での罪を少しでも軽くしたかったんだよ、私はその程度の人間だ」

「卑下しないで。ぼくは義父さんを尊敬しているよ」

「ありがとう。私も十和のことは息子として大切に思っているよ。実の息子が野心家でちょっと困ったものだが、あいつもそう愚かではない。きっといつかわかってくれる。そう信じているよ」

「義兄さんは元々はとっても優しい人だった。だからきっといつか義父さんの気持ちも理解してくれると思うよ」

十和が言うと、義父は幸せそうに微笑した。

「ありがとう、本当に」

「ありがとうはぼくのほうだよ。ぼくのほうこそ、助手としてラディクを推薦してくれてありがとう。彼のおかげで、毎日がとても幸せなんだ」

十和の微笑に、しかし義父は口元から笑みを消した。

「彼のおかげで幸せ？」

「そうだよ、義父さんが言ったとおり、彼に日常生活を教えているうちに、彼の心の美しさ、魂の無垢《むく》さに触れて……毎日がとても幸せだなと思えるようになって」

「彼を愛しているのか」

眉をひそめ、義父が険しい表情で尋ねてくる。義父はゲイであることに反対するようなタイプではない。そのことだけでここまでの顔はしないだろう。

「……うん、彼のことが好きだよ。いけないのか？　彼に人生の歓びを教えてあげろと言ったのは義父さんじゃないか」

「そうだ……だが、おまえはまだ彼が何者なのか知らないんだろう？」

「ああ、知らないよ」

「……そうか。そうだな。それならいい」

「義父さんは知っているの？」

「ああ」

「……彼は何者なの？」

しかし義父は首を横に振った。

「言えないの？」

「そうだ、言えない」

「どうして」

「本人の口から聞いてくれ。そしてそれでもおまえがなおラディクを愛していると思うのなら私はなにも言わない。だが……」

そこまで言って口をつぐみ、義父は少し考えこんだような顔をしてうつむいたあと、じっと十和を見つめて言った。

「もし愛せなかったとしたら、それはそれで仕方のないことなんだ。ラディクにはかわいそうだが、同情と愛とは違うからな」

「同情？　彼は同情するような境遇にいるの？」

「そうかもしれないし、そうではないかもしれない。だが同情では、彼の本当に欲しいものは得られない」

「彼が欲しいのは、真実の愛だって言ってたよ」

「そうだな、彼はなかなか難しいものを望んでいる。でも彼自身、まだ真実の愛が何なのか、ちゃんと気づいていないのが私にはわかるよ」

「彼が気づいていないって？」

「おまえにもわかるよ。彼はまだ真実の愛が何なのか、わかっていないのだから」

6　ボヘミアの森にて

「さあ、ラディク、行くよ」

白樺に囲まれた人けのない林道を四駆に乗って進んで行く。

プラハの街はまだ紅葉が残っていたが、ボヘミアの森はすでにうっすらと雪に覆われ、すっかり冬の様相に変わっていた。

森のなかはしんと空気が冷え、身体の芯まで凍りつきそうな寒さに包まれている。

数日前、十和はラディクとともに、ボヘミアの森の入り口にある分院にやってきた。

これから半月の間、ここの診療所で働くことになっている。

仕事のメインは、ふたりで車に乗り、森の動物の様子を確かめたり、森にいる狼や近郊の牧場の牧羊犬に狂犬病のワクチンを打ったりすることのほかに、牛や羊、山羊、馬といった牧場の生き物に異常がないか、あるいは感染症が発生してないかなどを調べなければならないのだ。

「十和先生のウソつき」

助手席に座り、ラディクは拗《す》ねたような顔で言う。

「え……ウソつきって」

「これのどこが新婚生活なんだよ。毎日毎日、羊や山羊をおいかけまわしたり、牛糞にまみれたり……毎日ドロドロになって」

不満げに言うラディクに、十和はくすりと笑った。

「でもふたりきりだよ」

「そうだけど」

「毎晩、一緒に寝ているじゃないか」

「そう……俺と愛しあうときの十和先生はとても素敵だ。毎日、感じやすくなって、毎日、どんどんかわいくなっていく」

それはきみがだんだん大人になっているからだよ、経験に知識を上乗せして、いつのまにか驚くほどぼくを上手に感じさせるようになってしまったから……と心の中で思ったが、それは言わないことにした。

「夜の話はやめよう。恥ずかしいから。とにかくぼくは二人で過ごせる時間がとっても楽しいよ、きみが作ってくれるご飯がおいしいせいだけど」

ここに来て数日の間、朝昼夜……と、ラディクが食事を作ってくれる。

今日みたいに車で出かけるときは、野菜やハムをたっぷり挟んだサンドイッチと、ポットに入れたキノコのポタージュを用意して。

「次は、この奥の、牧羊犬を飼っている農場に行くから」

途中で車を停め、医療道具を持って徒歩で森を進んでいく。

「ううっ、ううっ」

時々、ラディクは動物から嫌われてしまうらしく、家畜が彼を見て怯えたり、逃げようとしたりすることがある。

「きみ……動物に好かれるのかと思ったけど、けっこう嫌われるみたいだね」

年老いた牧羊犬にもうなられ、群れのリーダーから噛みつかれそうになることもあった。

病院にいるときはそうでもなかったのに。

「そう、とくに牧場は苦手かもしれない。牛や羊といった家畜からはものすごく嫌がられる」

「そうみたいだね」

「食べたいと思ってしまうからかな？」

「そうだね。牛肉はきみの好物だったね。そういえば鴨《かも》にも逃げられていたっけ」

笑いながら言うと、ラディクは肩をすくめる。

「そう、おいしそうと思っちゃいけないとは思うけど、伝わってしまうようだね」

冗談とも本気とも言えない言い方をしている。

「でもこの前はライオンだったじゃないか」

ここにくる前日の朝、病院に大怪我をした動物園のライオンが運ばれてきた。

まだ若いオスのライオンだったが、飼育員のミスで、オスの虎《とら》と大ゲンカをしてしまい、若いライオンが致命傷を負ってしまったのだ。

そのライオンは病院に運ばれてラディクを見たとたん、ケージのなかでパニックを起こし怯えていた。

「あれは俺ではなく、自分の死期を察して怖くなったんだ。若いのに、突然の事故で死ぬことになったから。反対に、一緒に運ばれてきた虎は、俺を見ても何ともなかった」

「ああ、そうだったね」

致命傷を負ったライオンは、その夜、絶命してしまったが、軽傷で済んだ虎のほうはそのまま動物園にもどされ、今も元気に過ごしている。

「動物も死期がわかるのか」

「わかるものとわからないものがいる。人間と同じだよ」

車にもどり、昼食のサンドイッチを広げながらラディクが妙に悟ったような口調で言う。

「人間と？　どんなふうに？」

「もちろん、誰だって死を前にしたら、嬉しい顔はしない。でも十分生き、寿命をむかえた者と、若いのに病気や事故で亡くなる者は違う。例えば十和先生の義父さんは、もう死を恐れていない。受け入れるための準備をしている」

「確かに」

「でもあのライオンは違う。まだ死ぬつもりはなかった。それなのに、急に死ななければいけなくなった。だから死を受け入れられなくて、死を恐れたんだ」

「……そうなんだろうね」

不思議な青年だと改めて思った。こういうことになると、ラディクは十和よりもずっと達観したものの見方をする。本当に何者なんだろう。

いつか彼の正体を知っても彼を愛せるのか。

彼はまだ真実の愛に気づいていない。

ふと義父の言葉を思いだす。

（ラディクの正体……一体、何なのだろう。知ったら本当に愛せないのだろうか）

そう思いながらも、こんなふうに一緒にいると、以前に自分で宣言したように、十和は一分ごとに、一日ごとにラディクへの愛しさを募らせている。

「じゃあ、次に行こうか。今夜から中欧を大寒波が襲うみたいだから、できるだけ今日のうちに多く回ろう」

そんな話をしながら飼われている犬全部に狂犬病の注射を打ったあと、空からは大粒の雪が降り始めてきた。

（急がないと。今日中にできるだけ多くのワクチンを済ませないと、明日は車で動けなくなってしまうかもしれない）

そんなふうに考えながら、牧場の奥にある犬舎で、一頭一頭、牧羊犬にワクチンを接種していると、牧場主が心配そうな顔で現れた。

「先生、早く帰ったほうがいい。こんな日は、死神の使いの白い狼たちがボヘミアの森を跳梁跋扈《ちょうりょうばっこ》しますから。もし帰れないなら、うちに泊まっていきなさい」

「死神の使いの狼？」

「そう、銀と白い狼の群れ。この森は狼王の呪いを受けているからね」

「狼王の呪い？　アレシュ王の？」

「いや、伝説のアレシュ王じゃない。彼の先祖の呪いだ」

「先祖……先祖の呪いなんてあるんだ」

「侯爵家のルドルフさまに訊けばいい。狼のことはくわしいから。とにかく早く森を抜けないと。今夜は雪が降る。そうなれば遭難してしまうぞ」

「ルドルフか。わかった、近いうちあちらに顔を出すから訊いてみるよ」

そうして牧場から、いったん分院へともどる。

暖炉《だんろ》のある石造りの小さな一軒家。

一見、廃屋のようになっているが、なかでは簡単な手術ができるオペ室もあり、薬品も常備されていた。

ここにいる間は動物の診療所という形で開院しているので、時折、ペットや家畜の診療に訪れる者もいる。

住居と診療所が一体になっているので、奥には、キッチン付きのペンションのような部屋があり、診療所さえなかったら、ふつうの別荘といった感じになっている。

倉庫には缶詰や瓶詰めの食べ物、それにワインや水も貯蔵されていて、地元の人間の話では、最近、クマが現れたり、狼が現れることもあるらしいが、今のところ、荒された形跡はなかった。

「狼王の呪いって、さっきの人、言ってたけど……ルドルフに訊くんだっけ」

明日のワクチンの準備をしていると、夕飯の支度を終えたラディクが声をかけてきた。

助手として雇用した当初は、味のある食べ物の存在すら知らなかったのに、いつの間に覚えたのか、一流レストランクラスのチェコ料理を作ってくれるようになった。

今日の夕飯は、チェコ料理の定番——牛肉のグラーシュとジャガイモで作ったパンだった。

「明日、雪がやんだら、この森の一番奥にある侯爵家の建物に行く。ルドルフにワクチンを届けに行って、少し話を訊こうと思っていたんだが、狼王の伝説については、どうも彼が一番詳しいらしい。

ずっとこの地にいるからだろう」

「狼王の伝説なら、俺もよく知っている」

「きみも？」

「そう、だから他の人に訊かなくてもいい」

「ああ、そうだったね。ルドルフの身内だったっけ」

「ご飯、食べながら、説明する。さあ、食べよう」

フォークとナイフを並べたあと、ラディクは冷蔵庫からチョコレートを出して、ぱりぱりと音を立てて食べ始めた。

「ラディク、チョコレートは食後だ。言わなかったか？」

「でもおいしいから」

「きみは子供みたいなものが好きだな。チョコレート、葡萄酒、マカダミアナッツ、アーモンド、キシリトール……」

「ソーセージやベーコンみたいなしょっぱいお肉、それからコーヒー、コーラとかカフェインのあるものも好き。あとは……タマネギ、ニンニク、エシャロット、アボカドを使った料理も興味がある」

「おもしろいね、犬に与えたら駄目なものばかりだ」

「そうだね。でもとくにチョコレートは好き。ぱりっと割って、食べると、口のなかで溶けていく甘さが大好きだ。でもどれも十和先生には負けるけど」

「ありがとう」

「で、そろそろ飴の食べ方、教えて欲しいんだけど」

テーブルの中央に置かれたボックスから、ラディクは綺麗な色をした飴玉を数個出して手のひらで転がした。

アメジスト、サファイヤ、エメラルド、トパーズ、アクアマリン……といった宝石のような色をした親指の爪ほどの大きさの飴玉。

「こんなに溜めて」

「まだいっぱい溜まっている。毎日、十和先生、たくさんもらうから」

そうだ。ラディクは十和が飴をもらうたび、後ろから飛びついてきて、ポケットをさぐって飴をとりだして溜めこんでいるのだ。

「蠟燭《ろうそく》にかざすと綺麗だね」

テーブルの上の燭台《しょくだい》の前で、ラディクは光を反射して楽しんでいる。

「食べ方……いつ教えてくれるの？」

「前に言っただろう、飴は口の中で転がすんだ。キスするときみたいに」

「どうやって？」

「どうやってって……」

テーブルから身を乗りだし、ラディクは十和の唇のすきまに飴玉をひとつ押しこんだ。

「狼王について教えてあげる。だから飴の食べ方を教えて」

艶やかな美しい青い眸。逆らってはいけない気がして、ドキドキしながら十和はその眸を見つめ返し、小さくほほえんだ。

「わかったよ……」

互いに立ちあがり、蠟燭の光を感じながら、唇と唇を重ねていく。

「口……開けて」

言われるまま、ラディクがうっすらと唇をひらく。

十和はその奥に舌先に載せた飴を挿れていく。

やわらかな彼の口内に、ぽとりと飴玉が落ちる。十和が舌先で送りこむと、彼が飴玉ごと十和の舌を巻きとっていく。

そのまま当然のようにふたりともまぶたを閉じていた。十和は手のひらでラディクのほおを包み、ラディクの手は十和の肩を抱き寄せるように覆っていた。

「……んっ……ふ……」

ふたりの舌が絡まれば絡まるほど、口内があたたかくなり、やわらかな甘さが舌の間から溶けでて口のなかを満たしていく。

その唇の甘さ、それから熱っぽさ、やわらかさがとても愛おしくて心地いい。

「もうわかっただろう、次からは自分で食べるんだ」

椅子に座り、十和はグラスに水を注ぎ、ジャガイモのパンに手を伸ばした。

「ありがとう、もう一個食べるよ」

「ご飯のあとにしたらいいのに」

「覚えたことは反復しないと忘れてしまう」

そう言って、ラディクはもう一つ飴玉を口のなか入れた。しかしすぐに眉間にしわをよせて、じっと十和を見つめた。

「違う、まったく味が違う。どうして？」

「同じだよ。二個目だから新鮮じゃないだけだろう」

「そうじゃないよ」

ラディクは首を左右に振った。

「十和先生の舌がないから、違う味に感じるんだ。あなたとキスしていないから」

「ラディク……」

「あなたのやわらかな舌が一緒じゃないとちっともおいしくないよ。さっきは胸のあたりがざわざわしたのに今はそっけない甘味しかない」

「やわらかな舌もざわざわも、飴とは関係ない。今、食べているのが本来の飴の味だよ」

「じゃあ、飴は十和先生と一緒のときだけ食べる。あとのときはおいしくないからいらない」

また子供みたいなことを。

「……ラディク、飴はいいから早く食事を。冷めてしまう」

「冷めたら温め直せばいい。人間の世界には、電子レンジという機械があるじゃない」

「それはそうだけど……で、あの話、狼王の伝説についてだけど……」

そう言いかけたとき、急に激しい車のブレーキ音が聞こえてきた。

診療所の前が騒がしくなり、誰かが飛びこんできた。

「先生、十和先生、助けてくださいっ」

現れたのは、獣医学部の学生の愛生だった。森の奥のルドルフの館で彼と一緒に暮らしている。髪をくしゃくしゃにし、息を切らしながら必死の顔で入ってきた。

「どうしたんだ、愛生」

「い、今、そこで狼が国道を行くトラックに撥《は》ねられて、それで」

「え……」

「車で運んできたのですが、助けてください」

「わかった、手伝おう。ラディクも一緒にストレッチャーを」

十和は愛生の車にむかった。

雪道でも駆けぬけることができる最新のランドクルーザーだった。その後部座席に、交通事故にあった母と子の狼が横たわっていた。

ボヘミアの森でルドルフが保護している狼の群れのなかの母仔だった。

二匹がトラックに撥ねられたらしく、母狼も仔狼も瀕死の状態になっている。

「ルドルフは？　手伝いにこられないのか？」

「ダメなんです。ルドルフさま、今日は仕事でミュンヒェンに行っていて、明日にならないと帰れない。だから俺だけでは助けられなくて。十和先生、お願いします」

ルドルフが明日までミュンヒェンに。

それなら手助けを求めることはできない。すべてが十和の手にかかっているのだと改めて認識し、覚悟を決めた。

助けなければ。何としても、彼らの命を。

「母親はストレッチャーに載せてオペ室に運んでくれ。子供はまずここで止血するから。今、道具をとってくる」

母狼だけでなく、仔狼もかなり厳しい状況に感じられた。

そのとき、母狼が瀕死の状態でありながら怯えたように震え、ううぅ、ううっと唸《うな》り、仔狼を自分の後ろに隠そうとする。

「どうしたんだ、どうして。大丈夫だから、十和先生に任せて」

愛生が話しかけても、母狼はぶるぶると震えている。視線の先にいるのは、愛生でも十和でもなく、ラディクだった。

「あのひとは十和先生の助手だよ、大丈夫だから」

愛生が話しかけても、母狼が牙を剝きだしにしてラディクに唸り続ける。

異様な雰囲気だった。

雪の降る夜の診療所。森の入り口に、母狼の声が不気味に反響し、それまで鳴いていたミミズクの声も聞こえなくなっていた。

「——安心しろ、俺が連れていくのはその子じゃない」

ふっとラディクが母狼に声をかけた。

低い声が雪景色に響く。母狼がはっと目を見ひらく。

「その子は連れていかない」

ラディクが連れていく?

意味がわからない。十和は目をみはってラディクをみた。

「大丈夫だから。安心して。その子は連れていかない」

優しい響きは催眠術のようだ。包みこむような表情をしている。

だが十和は彼の影に得たいの知れないなにか暗いものを感じた。

そういえば、この前もそうだった。

牧場で、弱っている羊が彼を牽制《けんせい》していた。それだけではない、森のなかでは兎や鹿が彼を見て逃げていく光景があった。

ラディクを見て、一部の動物たちが怖がる。

彼が言ったように、兎や鹿といった草食獣だけでなく、犬や猫も。

ライオンもそうだった。それから今回の狼。肉食獣も紛れている。

だが虎は恐れていなかった。

彼を恐れている動物――肉食獣たちの共通点は、生死を前にした生き物のような気がするが。

（死神の使いの白い狼……そういえばそんなことを）

ふと牧場主から耳にした言葉を思いだしたが、それを冷静に考えている余裕はなかった。二匹とも今にも命を喪《うしな》いそうなのだから。

「麻酔を。愛生、彼女に麻酔を打ってくれ。それから二匹の緊急手術だ」

何とか麻酔を打って落ち着かせ、手術室へと運ぶ。

「おかしいですね、彼女はいたって温厚な性格で、人間に牙を剝きだしたことなんてなかったのに。やっぱり子供を守りたいから」

「それもあるけど……ラディクは、時々、そうなんだよ」

「そう、俺を見ると、時々、怖がる動物がいる。食べられると心配する動物もそうだし」

ラディクはぼそりと呟いた。

「でも狼は食べないだろう」

「そうだ、ふつうはめったにわからない。だがこの狼は感受性が鋭くなっていて、俺の正体がわかったらしい」

「きみの正体？」

「それより、手当てを急いで。母狼は衰弱してもう駄目かも知れないが、仔狼は何とかなりそうな気がする」

「あ、ああ、そうだな。すぐに手術を――」


「では、俺はこれから帰ります。母狼のことが気になりますが、他の狼の世話があるのでどうしても残れなくて」

二匹の手術を見届けたあと、愛生は泣きじゃくりながら、狼たちの病室をあとにした。

「きみはよくやってるよ。これは不慮の事故だ、どうしようもない」

「ミュンヒェンからもどったら、ルドルフさまがくるそうです。仕事が終わったらすぐにこちらにむかうと」

「ああ、わかった。なにかあったら連絡するから」

「母狼……助かりますか」

不安そうに問いかけられ、十和は沈んだ表情でかえした。

「時間の問題だ。よくもって朝までか」

「そうですか。せめてルドルフさまに看取《みと》って欲しかったんですが」

「そうだな、狼のことは彼がくわしいから」

「でも、あのラディクって人もルドルフさまと似た感じですよね」

「似た？」

「ルドルフさまとはちょっと違うけど、狼たちのことがわかるみたいです。どうして彼を恐れたのかはわかりませんが……なにかあるんでしょうね」

「そうだね、彼はルドルフがさがしていた白い狼のこともよくわかっていたみたいだし、ふつうの人間とは少し違うんだよ」

なにせあの狼の化身だと自分のことを言うくらいに。

「ではよろしくお願いします」

愛生が泣きながら帰っていく。

（ラディク……彼は何者なのか）

彼の正体を知ったら、十和は彼を愛せなくなると義父は言っていたが、確かに彼は本当にただものではないというのがわかる。

もしかして、彼がいるときに、いつもの白い狼が現れないのは、彼のなにか得たいの知れない暗さに恐怖を感じているのではないからだろうか。

愛生を見送ったあと、診療室でルドルフに今日のことを報告するメールを書き終えたあと、状態を診るため、十和は重篤な状態の母狼の様子を見に病室に行った。

すると、そこにラディクがいた。

「ラディク……」

ずっと母狼のそばにいたらしい。

仔狼を抱きしめながら、ラディクは母狼のほおに手を当てている。

それは幻想的な美しさに満ちた光景だった。

窓のむこうはボヘミアの森の原生林が雪を纏って純白に輝いている。

すでに雪はやみ、雪の森に反射した月の明かりが窓から差しこみ、部屋全体をきらきらとした青白い光が包みこんで不思議なほど明るかった。

また母狼が怯えたらどうなるのか——と思ったが、母狼はラディクに患部を撫でられ、とても安らかな表情をしていた。

（あんな狼の表情……見たことがない）

仔狼もラディクの腕のなかですやすやと眠っている。

いたわるような眼差しをして、狼の母と子を世話しているラディク。

「もう大丈夫だ。もう苦しまなくていい。あとのことは任せろ」

包みこむようなラディクの優しい声が深夜の病室に静かに響く。

甘い子守歌のような抑揚のある声音にも感じられた。

その声に安心したかのように母狼はおだやかな顔で目を閉じていく。

彼らのいる場所を月明かりが鮮やかに照らしている。

「もういいんだよ、この仔は立派に成長して、ルドルフさまのところで誰よりも元気に活躍して、寿命をまっとうするから。俺にはこの仔の寿命が見える。この仔は、どんな狼よりも大きく育って家族を持って、そして年老いて、長い生涯を終える。俺には見えるから」

仔狼を抱きしめながら、ラディクがそっと母狼の額に口づけをする。月光を浴びたその影が病室の床に深く濃く刻まれていた。

十和は扉の影から瞬きも呼吸も忘れてその様子を見ていた。

窓から青い明かりが入りこんで揺らめき、カーテンのような光の層を描いている。

病室にふんわりと漂う光の層は、まるでオーロラのように見え、あたかも母狼の最期の命の煌めきを現しているかのように見えた。

やがてふぅっと魂のようなものが母狼の身体から離れ、ラディクが抱いている仔狼の身体のまわりをぐるりとまわって窓の外に抜けていくのが見えた。

「……っ」

ラディクがその光を見つめ、笑みを浮かべてうなずくと、仔狼がきゅんと鼻を鳴らす。

その頭を優しく撫でたあと、ラディクは戸口に視線をむけた。

「あ……」

何て声をかけようか。何と言おうか。

とまどったままその場に立ち尽くしている十和に近づき、ラディクは澄んだ表情で微笑して仔狼を腕にあずけてくる。

「あとを頼む」

「あとを？」

「少し疲れた。命を運ぶときはとても疲れる。ぐっすり休みたい」

ラディクはそう言うと、ふらふらとした足取りで寝室へとむかう。

見れば、病室のベッドのなかでは、安らかな顔をして母狼が命の灯を消していた。


今のは……何だったのだろう。

まるで母親の魂がラディクに労《いたわ》られ、仔狼に別れを告げて天に昇っていったように見えたが。

母狼の埋葬のため、愛生に連絡をとり、遺骸《いがい》を迎えにきてもらうことになった。仔狼をケージのなかに入れて休ませようとしていると、ラディクが入ってきた。

まだ少し疲れた顔をしているが、さっきよりはマシなようだった。

「愛生に連絡をとったのか」

「ああ、今から遺骸をひきとりにくるって」

「そう。その仔は？」

「まだここで様子を診《み》ないと」

「大丈夫、その仔はもう自然に治る。だから母親と一緒に愛生に渡したほうがいい」

「さっきの……見たけど……あれは何なんだ。不思議な光のようなものが見えた」

問いかけると、ラディクは仔狼の前にきて、その額を撫でながら呟いた。

「彼女が天国に逝《い》くのを見届けただけだ」

「天国に逝くって」

「十和先生もわかっていると思うけど、彼女は即死してもおかしくない怪我だった。だけどこの仔が気になってなかなか天国に逝けなかった。気がかりなことがあるとそうなるものだ。だから仔狼は大丈夫、狼王のところで幸せになると話した」

「狼王って、あのタペストリーにあるアレシュ王のことか」

「違う、確かにアレシュは狼王だけど、この世にはいない」

「ああ、アレシュ王は伝説の人物だからな。それなのにどうして」

「狼王は別にいる」

「え……」

「正しくはふたりいる。伝説のなかの狼王はアレシュだけど、この世界での狼王は十和先生の友達のルドルフだ」

「ルドルフ……」

ああ、そういえばさっきルドルフの名前を告げていた。

ルドルフは狼たちを保護している。彼らにとっては、ルドルフは狼を守ってくれる王のような存在に等しいのかもしれない。

「なるほど。そういう意味か。この仔はルドルフのところで保護されるという……」

「そう、だから安心して眠りについていてあの世に旅立った」

「安心してって、どうして母狼と話ができる」

「心で語りあっていた」

「そんなことが可能なのか」

「俺には……可能だ」

ラディクは淡くほほえんだ。

「それに俺だけじゃない。十和先生だって、白い狼と話をしている」

「それはこちらが一方的に話しているだけだ」

と言いかけ、はっとする。

どうしてそのことを知っているのか。

白い狼に声をかけているのは十和以外知らないはずだ。考えれば、ラディクはあの狼と十和の間に起きていることを知りすぎている。最初の火事、ビスケット、そしてこの前のこと……。狼の心がわかると彼は言うけど、それにしても。

「きみは……あの白い狼とどう関係があるんだ。白い狼と深い関わりがあるとしか思えない」

「そう……ないとはいえない。最初にそう言っただろう?」

「じゃあ、教えてくれ、どういう関係なのか」

「永遠の愛を誓ってくれるなら」

ラディクは十和をじっと見つめた。

「それは……永遠の愛って」

「十和先生からは、まだ真実の愛を感じない。だから言えない」

「永遠の愛というのは、きみと結婚することだろう。ぼくはきみのことは嫌いじゃないし、むしろ惹かれている。多分、好きだ。だから結婚してもいい。でもその前に正体を教えて欲しい」

そう説明する十和に、ラディクはものすごく淋しそうな顔をむけた。

「知ったら好きになれる？　愛というのはそういうものじゃない」

「じゃあ、どういうものなんだ」

「相手が何者でもいい、どんな生き物であっても、ただただその相手が好きでどうしようもない。そういうものだ」

「ラディク……」

「俺は……そうだった。あなたがどんな生き物でもいいから好きで、あなたと一緒にいたくて、何でもしようと思った。でもあなたは俺に対してそれと同じ重さの愛は抱いていない」

　真実の愛……。

「きみは……そんなにぼくのことが好きなのか」

「ああ」

「どうして。ぼくはそこまで好かれるような人間じゃないのに」

「でも好きなんだ」

　とまどっている十和を見つめ、ラディクは微笑した。

「いい、無理に同じだけの愛が欲しいなんて言わないから。本当はわかっているから、こんなふうにできているだけでも幸せで、特別なことだって」

「ラディク……」

　大人の顔と子供の顔、傲慢《ごうまん》な顔と淋しそうな顔、相反する二つの違う顔を持っている。さらにさっきのようなミステリアスな部分。

「わかった。それなら受け入れる努力をする。たとえきみが何者でも」

「本気で言ってるの？」

「これまで生きてきて、きみほど好きになった人はいない。多分、これからもいない。もしきみの正体がわかっても愛せると思う。いや、愛せなかったら、生涯、後悔すると思う。だから知りたい。きみのなにもかもを知って、きみが望む真実の愛というものをこの身体の内側に芽生えさせたいと思う。そのくらいきみのことが好きだよ」

「十和先生……そんなこと言っていいの？　俺のこと嫌いになるかもしれないよ」

十和は首を左右に振った。

「大丈夫だ。きみがオテサーネクのような木株でも、きみがグレゴール・ザムザのような毒虫でも……きみを愛せないほうが後悔すると思うから」

「そこまで覚悟してるんだ」

「ああ、だから教えてくれ。全部ぼくにさらけ出して。多分、今、この世に存在する人間のなかで、ぼくは一番ラディクに惹かれていると思うから」

「十和先生……」

「永遠の愛を誓う。真実の愛をきみに捧《ささ》げる。きみが欲しいものを言って」

十和は真摯に言った。

「わかった……明日、この地での仕事がぜんぶ終わったら言う」

「ありがとう、ラディク」

そう言ったとき、車の音が聞こえた。

愛生がやってきたのだ、母狼を迎えに。

その翌日、雪がやんでいる間に、十和はあとひとつ残っていた最後の牧場にむかい、牧羊犬たちに狂犬病のワクチンを打ち終えた。

積もった雪のせいで車が入れないところだったので、三十分ほど川沿いの道を歩かなければならず予定より遅くなってしまった。

「十和先生、早くもどろう。陽が暮れる前に」

「あ、ああ」

気がつけばあたりには濃い靄がたちこめ、冬の森を覆いはじめていた。

「早く車にもどらないと」

空には暗雲がたれこめている。きっともうすぐに暗くなってしまうだろう。

「雪のにおいがする。十和先生、吹雪がくる」

「急いだら夕方までにはもどれるだろう」

深い森のなかはすでに暗くなり始め、大粒の雪が勢いよく降り始めてきた。

天高くそびえる木立ち。進めば進むほど雪が激しくなり、ふたりのブーツの中に雪が入ってくるほどの深さになっている。

「この先はどんどん足場が悪くなる。少し様子を見る?」

「いや、でもあと少しだから」

「昨日、農場主が言っていた死神の呪いって……何なのだろう。不気味な感じがしてきて、なにかありそうだね」

「現実主義の十和先生にしてはめずらしい発言だね」

「だって、チェコにはそうしたオカルト的な伝説が幾つもあるじゃないか」

「チェコ……いや、中欧や東欧では、黒い狼は死神の使い、死者の魂を死神のもとに運ぶ役目を担っていると言われている」

黒狼という彼の言葉に、一瞬、十和は眉をひそめた。

（黒い狼……チェルナヴルク——よく耳を澄ますと、チェルノブイリという言葉にも似ている）

確かチェルノブイリは、黒い茎という意味で、ヨハネ黙示録で多くの人が死ぬと預言されていた不吉な言葉だとかどうとか。

「でも、この前の農場主は、黒い狼ではなく、白い狼が死神の使いだと言っていたけど」

「そう、黒狼というのはそう言われているだけで、実際は白でも金でも銀でも黒でも、そのとき、死神と契約した狼が死神の使い——死神狼となって、この世に現れる」

「死神と契約？」

「このあたりに昔から伝わっているお伽噺だ。人間に恋をした狼の子は、人間になりたくて死神と契約した」

道を進みながら、ラディクはそのお伽噺を丁寧に教えてくれた。

あるとき、三つ子の狼王子が誕生した。

長兄の第一王子は、伝説のアレシュ王の世界に行き、彼のところで狼王子として暮らす。

残りの第二王子と第三王子は、ボヘミアの森にいるワイン農場を持つヴォルファルト侯爵のところで、彼が保護をしている野生の狼たちの生息域を守る仕事につく。

だが、あるとき、狼王子になるのが決まっていた第一王子は、誘拐され、火事にあってしまう。

そしてそのとき、自分を助けたひとりの美しい人間に恋をしてしまった。

第一王子は、そのひとのそばにいきたいと強く願った。

だからボヘミアの森で死神の使いとなっている狼に相談をし、死神のもとに連れていってもらって契約を交わした。

狼王に仕えることはしない。第一王子の地位を次男の第二王子に譲る。

自分は死神の使いとなって働く代わりに、人間として生きていくと。

「そして第一王子は死神に魂を売った」

「死神に……」

十和の心に悪い予感が広がっていく。

ラディクは話を続けた。

人を愛し、人になりたいと願った狼は、死神に魂を売れば人の肉体を得られ、人として生活できる。

ただし死神の使いの死神狼としての仕事を行なっている時間だけ。死神狼は、はかり知れない知識と人の寿命や足跡がわかる力を有し、人の魂をあの世とこの世の境界線に運ぶ役目を担う。時々、人だけでなく動物の魂も運ぶこともあるが、役目の中心は人の魂を運ぶ仕事である。やがて死神狼に、愛する人の家族の魂を運ぶときがくる。死神狼が真の人間になるただ一度のチャンス。愛する人の家族に死期が近づき、間もなく死が訪れるまでのわずかな時間の間に、愛する人から真実の愛を得られたら、未来永劫、人間として生きていけるのだ。

タイムリミットは、愛する人間の家族の死まで。

「それまでに、真実の愛が手に入らなければ、その狼はどうなるんだ？」

「本物の死神になる。実体のない存在として、闇のなかに魂を縛られたまま、ただ死者を運ぶだけの存在に」

「……それで……その狼は真実の愛を手にいれたの？」

「今まで、死神と契約して、真実の愛を手に入れた狼は誰もいない」

「じゃあ……みんな死神に」

「そう、この森をさまよっている狼の霊は、死神と契約し、真実の愛を手に入れられず、永遠の時間をさまよい続けることになった狼たちなんだ」

「以前もあの狼のことを話していたけど……まさか……その第一王子というのが……きみ自身の話なのか」

問いかけると、ラディクは十和をいちべつし、かぶりを振った。

「また騙《だま》された」

「また騙したのか？」

「そう……さあ、お伽噺はお伽噺だ。ただの話だと思って受け止めてくれ」

「だけど」

「それよりも早く急ごう、吹雪に変わってしまう前に」

そう言ってラディクは少し高い場所にある墓所への石段をのぼっていく。

墓石のまわりは巨大なモミの木々に囲まれ、雪風をうけて不気味なほど騒がしくざわめいている。

「く……っ」

激しい雪が視界を覆って前が見えない。降り積もった雪に足をとられて転びそうになる。

寒さに何度も身震いがした。

背筋がぞくりとしたとき、ドーンっと目の前で木が倒れた。

「あっ！」

凍裂《とうれつ》。冷たい日に木が割れて倒れる現象だった。

呪い……。死神の呪い――という言葉を思いだす。

『死神の使い』

その言葉。全身を震わせる十和のほおを、ラディクの手が優しく包む。はっとして見あげると、彼が十和の肩を抱きよせる。

「たいしたことない。あんなのは冬の森ではよくあることだ」

「……ラディク……」

「呪いなんてないから」

「でも……あそこに白い狼の群れがいないか？」

「あれは雪の塊だ。安心して。白い狼の群れなんていない」

ラディクはさっと十和を抱きあげた。

「大丈夫だから」

大丈夫……。

ラディクのその言葉に、恐れも心細さも消えていく。

そのまま雪からかばうように進み、ラディクは川のほとりにひっそりと建っている古い教会のなかに入っていった。

小さな教会の礼拝堂には、暖炉があり、タオルや布も置いてあった。

「助かった。ここなら暖がとれる」

ラディクは十和を暖炉の前に座らせた。

「今、火を点《つ》けるから」

ラディクは棚をさぐったあと、蠟燭とマッチをさがしだし、薪をくべていく。

いつの時代のものだろう。祭壇には十字架があり、壁には、イエスの誕生の絵が飾られているが、暗くて細部まではよくわからない。

「さあ、濡れた身体を拭って」

ラディクが髪を拭《ふ》いてくれる。ほおや首筋、胸へとタオルが移動していく。

「ラディク、きみも……早く乾かして……」

衣類を脱がそうとするが、彼はかぶりを振る。

「大丈夫」

「でも」

「見たら駄目だ」

「どうして」

そういえば、彼の裸を見たことがない。衣類を着ているか、あるいは後ろからか。水着を着ていたときも暗くて見えなかった。

「……綺麗じゃないんだ」

「どうして」

「俺のことはいいから、じっとして。十和先生、このままだと凍え死んでしまう」

「そうだね、寒いね」

「あなたを抱いたら、すべてを伝えるから。俺が何者か」

「……っ」

「だから今は俺に従って」

ゆらゆらと揺れる暖炉の焔が彼の横顔を照らす。

十和の肌を拭いている彼の表情は、どこか思い詰めたような、深い憂いをたたえていて、話しかけてはいけない気がした。

（いつもそうだ、ふっと彼はこんな顔を見せることが多い）

とても淋しそうな、なにかをあきらめたような顔をする。

これまで会った誰よりも美しい顔をして、長身でスタイルもよく、そして明晰な頭脳を持ち、明るくさわやかで、とても感じがいい。

それなのにどうしてこんな顔をするのだろう。

どこかとても淋しそうで、どこか昏い。

胸の奥にわけもなく切なさが広がっていったとき、ラディクの吐息が皮膚に触れた。

「ラディク……」

両手をひらかれ、あらわになった十和の胸を見つめながら、彼は指でぷつりと乳首を潰してきた。

「大好き」

「やめ……こんなところで」

「どんなところでだって、いつだって俺は十和先生が欲しい」

濡れた舌先で愛撫するように乳首をつつかれていく。

「ん……ふ……」

十和は目を瞑った。

「あ……っ」

それがいいよと言う合図のように、ラディクがのしかかってきて、十和はそのまま背中から床に倒れこんでいった。

「……っ」

肌の上をたどっていく冷たい指先に乳首をつぶされただけで自分も彼が欲しくてたまらなくなってしまう。

「大好きだよ、十和先生。好きで好きで本当にどうしようもない」

手のひらで胸をまさぐりながら、ラディクが熱い息を吐く。

「ぼくも……大好きだよ……ラディク」

教会の祭壇の前で、まるで永遠の愛を誓いあっているようだと思いながら、十和は自分の内部に入ってくるラディクの熱を感じていた。

と同時に、心のどこかでうっすらと感じていた疑問を問いかける。

(きみは……狼王子なのか？　真実の愛を求めている死神狼……それがきみなのか？)

彼の正体。真実のラディク。

彼がどんなものであったとしても愛そう。

そう思っていたが、もし彼の正体がその死神狼だったらどうすればいいのか。

怖い。そうだったら怖い。

そうだったら彼を愛せるかわからない。

けれど今はただただ愛おしい。

どうしようもないほど、ここにいる彼が愛おしくて、もし彼が望むなら、死神狼であっても愛していけるのではないかと思うほどの愛しさが胸の奥にあふれている。

そんな感情のまま、十和はラディクの腕のなかで我を忘れたように身悶え続けた。

7　幸せな未来へ

一体、ラディクは何者なのか。本当の姿はあの白い狼で、死神と契約して人間になった第一王子というのは彼のことではないか。

薄々そのことを疑いながらも、それ以上、十和は問うことができなかった。

真実を確かめるのが怖いというのもあったが、翌朝から天井に積もった雪がギシギシと圧迫してくる古めかしい教会のなか、ラディクとふたり、閉じこめられてしまったのだ。

表の扉が雪に埋もれてどれだけ押しても開かない。窓の高さまで積もった雪が、深夜のうちに凍結してしまい、窓も開かず、壊そうとしてもビクともしない。その上、煙突から雪が落ちてきて暖炉も使えない。

（もう三日目だ。診療所にまったく帰っていないので……ルドルフが変だと思ってさがしにきてくれるとは思うけど）

だが、果たしてここがわかるのかどうか。スマートフォンはここにくる途中に落としてしまったらしく見当たらないし、ラディクのものは充電が切れている。

「もう三日か。明日は……雪がやむから。そうなったら凍結した雪も少しは溶けるはずだ。だからがんばって」

中欧に凄まじい大寒波がくるのは天気予報でわかっていたことだ。

そういうとき、プラハの市内でも氷点下20度近くになることがあるのだから、このあたりは尚更冷えこむだろう。

幸いにもラディクが作ってくれた弁当の残りと彼が常備しているチョコレートやビスケットが鞄の中にあったので、飢えをしのぐことはできた。

室内に置かれていたので、貯水タンクの水も凍ってはいなかった。水が飲めるのは救いだった。

それでも寒さにはどうにも耐えられなかった。空気は凍りついたように冷たく、息をすることすら苦しいほどの寒さだ。ありったけの布を巻きつけてふたりで身を寄せあっていても身体の芯が冷えてしまうのを止めることはできない。

「……っ」

全身の震えが止まらない。それなのにどういうわけか頭のあたりだけ熱くなって、視界が充血してくる。十和の異変に気づき、ラディクが額に手を当てて熱を確かめようとした。

「十和先生、熱がある。すごい高熱だ」

「……ん……」

どおりで苦しいと思ったと口にする気力もなく、ガタガタと震えながらラディクの腕のなかに十和は力が抜けたように倒れこんでいた。

「俺のせいだ。俺があなたを好きになってしまったから」

泣きそうなラディクの声が耳元に響く。

どうして……どうしてそれが関係あるんだよと言いたくても、喉が痛くて声が出ない。どんどん熱があがっていくのがわかる。頭が朦朧《もうろう》として意識が途切れ途切れになっている十和の耳を、祈るようなラディクの声がかすめていく。

「今度は俺があなたを助ける。あなたを守るから……どうか嫌わないでね」

嫌いになんてならないよ、絶対にならないからと伝えたいのに、やはり声が出ない。息を吸えば吸うほど肺が冷たくなって苦しくなっていく。それに全身の関節がとても痛い。唇をわななかせることしかできず、そのままぐったりと十和はラディクの腕のなかでまぶたを閉じた。

「ごめんね、ごめんね、十和先生、俺があなたを好きになったせいで」

うっすらと聞こえてくるラディクの声。またそんなことを言っている。そんなことないよ、ラディクと言いたいのに、ただただ肺が凍っていくような苦痛と全身の痛み、それから高熱にこのまま死んでしまうのではないかという思いに苛《さいな》まれる。

「十和先生、守るからね、俺があなたを……」

心の底からいたわるような声が響き、ふと身体が優しいぬくもりに包まれていることに気づいた。

どうしたのだろう。とてもあたたかい。春の陽だまりを浴びて微睡んでいるときのような、やわらかなあたたかさに身体の芯まで癒されていくような気がする。

「……」

あまりにも心地よくて静かに目を開けると、純白の被毛が十和の身体をすっぽりとくるんでいた。

あの狼が十和を抱きしめていたのだ。身体を丸めて、全身でそっと慈しむように十和を覆っている。

ああ、何てあたたかいのだろう。

「……っ」

春の太陽のような体温のおかげで、もう全然寒くない。狼のふわふわとした胸の被毛に顔を埋めながら呼吸をすると、吸いこんでいる空気までがとても優しく肺へと溶けていくような気がする。

「……ん……っ」

ふんわりとした毛布のなかで眠っているときのような、幸せな睡魔に包まれながら、十和は狼の胸の被毛にほおをすり寄せた。

とくとくとした狼の心音が皮膚越しに伝わってくる。彼の呼吸ごとに腹部がほんのりと動いて、そのたび、自分たちの間に溜まっている空気があたたかくなっていく。あまりに心地よくてさらに身体を寄せると、狼は慰撫するように十和の額をそっと舌先で舐めていく。

狼から森の果実を思わせる甘い匂いがする。覚えのある、この馥郁とした香り。

ラディク……。ラディクなんだね。

胸が熱くなり、痛みとも疼きともわからない感覚でいっぱいになっていく。

これはラディクだ、この心音、このいたわるような優しさ、そしてこのぬくもりはラディクのものだというのが十和にははっきりとわかる。

守るからね、俺があなたを助ける、十和先生を守るからね。

祈るようなさっきのラディクの声の響きが耳の奥によみがえり、こみあげてくる愛しさにたまらなくなって涙があふれてくる。

「ん……っ」

十和は狼の胸の被毛にしがみつき、そこに顔を埋めて涙を流した。心配そうに狼が十和のまなじりに口元をすり寄せてくる。

「……大丈夫……大丈夫だから……ぼくは……もう……」

涙まじりに呟きながら、十和はイヤイヤをするように首を左右に振って自分よりもずっと熱い体温をした、被毛に覆われたその胸に顔を埋め続けた。愛しくて愛しくてどうしようもなかった。と同時に、申しわけなさや哀しさがこみあげてきて涙が止まらない。

(この狼は……ラディクは……ぼくのために……)

これまでラディクが冗談の振りをして話していたことはすべて彼自身の真実だったのだ。

彼は十和が自分を受け入れてくれるかどうか知りたくてあんなふうな言い方をしていたのだ。そして十和が受け入れてくれないとわかると、まるで冗談を口にしていたかのようにごまかして。

でもすべて本当のことだった。ラディクは、王子として誕生した祝福された狼だった。

それなのに、十和と出会ったせいで。

（……っ……何て……何てバカなことをしたんだよ、きみは）

これまで十和に見せていたラディクの、あきらめたような、どこか淋しそうな顔。

母狼に語りかけていたときの慈愛に満ちた眼差し。そっと仔狼を抱いていたときの横顔。

死神狼……。ラディクは死神狼なのだ。

十和への想いのため、彼は魂を売ってしまった。真実の愛が得られないと、この世とあの世を行き来するだけの彷徨《さまよ》う死神となるしかない運命を受け入れたのだ。

ふっとラディクの哀しそうな声が耳の奥によみがえる。

『ごめん。性急すぎた。あなたに触れられるだけでも幸せなのに……多くを望んでしまってごめんなさい。十和先生が好き過ぎて……だから抱くことができて嬉しくて……それで急ぎ過ぎた』

それは初めて彼と結ばれたあと、悲痛な表情で彼が言った言葉だ。

おそらくラディクは十和と身体をつなげば、真実の愛が得られ、本当の人間になれると思っていたのだ。だからあれほど絶望的な顔をしていたのだ。

身体をつないだだけでは運命は変わらず、ラディクは死神狼のまま。

なに一つ、彼自身の存在が変化していないことに絶望を抱いたからあんな言動をしてしまったのだということが今ならわかる。

それなのに、なにも知らなかった十和は、その絶望の意味もわからずに『きみは……なにをそんなに急いでいるの？』と呑気《のんき》な問いかけをしてしまった。

そんな十和を彼は責めることはなかった。それどころか、祈るような声で言った。

『ごめん。俺のこと嫌いにならないで』

そしてその場から消えて、狼の姿にもどって十和の横で眠ったあと、翌朝はいつものように笑顔を見せて、そして一生懸命、朝食を作っていた。

おいしい朝食を食べて欲しい。喜んで欲しい。幸せな笑顔を見せて欲しい。

『十和先生の幸せな笑顔が大好きだよ。十和先生の笑顔が俺の幸せだから』

いつも口ぐせのようにそう言っていた。

「……っ」

十和はこみあげてくる嗚咽《おえつ》を必死に呑みこみ、肩を震わせて涙を流した。そのときそのときのラディクの顔がよみがえり、胸が張り裂けそうになっていた。

ラディク、ラディク……何てバカなことをしたんだ。こんなとりかえしのつかないことを。

心のなかで叫んでいる十和の涙の理由がわからないのだろう、狼はなおも心配そうにこちらのこめかみや瞼、それからほおの涙をぬぐいとろうとしている。

どうしようもないほど愛しそうに。心の底から労りながら。

本当に彼が自分を愛してくれているのがはっきりとわかって胸が痛くてどうしようもなかった。

痛い、痛いよ、ラディク。きみの愛が深すぎて、きみの愛が大きすぎて、きみのいじらしさが切なすぎて、哀しすぎて、そして愛しくてしかたがないよ。

「……っ」

まぶしい光がほおを撫で、目をさますと、教会の窓から陽が射していた。

熱が下がり、十和の意識はすっきりとしていた。

狼に抱きしめられていることに気づいたのは、明け方だったように思うが、いつのまにか何時間も眠っていたみたいで、外はもう西日に包まれていた。

「……あ……」

窓に近づいていくと、雪は少しだけ溶けてそこからだと外に出られる高さになっていた。

今のうちにここを出なければ、暗くなる前に……と思った十和の前に、白い狼が現れ、くいっと背中をあごで指し示す。

乗れ——という声が聞こえた気がして、十和が背中にまたがると、狼はふわっと窓辺にむかって飛びあがった。

こうして座ってみて改めて、この狼がとても大きな身体をしていることに気づく。ゆうに二メートルはあるだろうか、十和を背にまたがらせても平気なほどの大きさだった。

しかしそんなことを考えている余裕はなかった。狼が疾走し始めると、たちまちバランスを崩しそうになり、十和はあわてて彼の背中の被毛にしがみつき、胸をくっつけた。

「あ……っ」

そんな十和の状態を確認したあと、狼はさらにスピードを上げて雪のなかを走り始めた。

木々の間を駆け抜けていく白い狼。めまぐるしく風景が変わっていく。

夕暮れどきの森はとてつもなく美しい。

太陽を浴びている白樺の林は黄金に近いオレンジ色に染まっていた。

一方、陽が差さない側の森の奥はもう薄紫色の闇に包まれ、白い雪だけがひっそりと浮かびあがって見える。

やがて森のなかの湖の前までくると、狼は一瞬立ち止まった。

すでに闇が頭上をおおっていて、白々と浮かびあがった月と満天の星々が湖に鏡のように映りこみ、波が揺れるたび、光の雫《しずく》が瞬いているように煌めく。

「ここは？」

湖面に狼の顔が映っている。淋しそうな、なにかを諦《あきら》めたような、あのラディクと同じ表情で湖面越しに、自身の背中に座った十和を見つめていた。

「……どうしてそんな顔をしているの？」

問いかけた十和の言葉を振り払うように、狼はなにも語らず、湖に背をむけた。

そしてただひたすら森の出口にむかって疾走していった。

雪をまとった神々しいばかりに神秘的な森。ここにいるのがラディクではなく、死神狼でもなく、ただ自分がかつて助けただけの白い狼だったらどれほど幸せだろう。

大好きなあの狼の背に乗って、美しい雪の森を駆けぬけているなんて。こんな素敵なことが他にあるだろうか。

（でも……ここにいるのは……ただの狼ではない）

それがあまりにも哀しくて、十和がその背中の被毛をぎゅっとにぎりしめたとき、森の出口にある分院の前へとたどりついた。

さっきまでルドルフが来ていたのか、分院の前の雪道に馬の蹄《ひづめ》の痕が残っている。

きっと音沙汰《おとさた》がないのを心配して様子を確かめにきたのだろう。あとで連絡を入れなければと思いながら、分院の前で十和は狼の背から降りた。

それを確認し、狼が背をむけて森へもどろうとする。十和は思わず声をかけた。

「ラディク……」

狼がピクリと背を震わせ、肢を止める。

「待って、ラディクなんだろう、わかっているよ」

十和の声が雪道に反響する。狼は観念したように息をつき、振りかえった。

雪と同じ純白の色をした狼の被毛。その美しい毛が月明かりを反射して、青みがかった白金色に輝いたかと思うと、その次の瞬間、それが消えた。

「――――っ!」

一瞬、目の前で起きたことに十和は言葉を失い硬直した。

青白い夜の森を背に、オーロラのような光の揺らめきをまといながら、そこにいた純白の狼が美しい金髪の青年へと姿を変えたのだ。

ああ、やっぱり。

ラディクはふっと口元に皮肉めいた笑みを浮かべ、こちらに近づいてきた。

「気づいていたんだ」

「……ん」

うなずいている十和の眸が涙に濡れていることに気づき、ラディクがあごに手をかけて心配そうに顔をのぞきこんでくる。

「何で泣いてるの?」

首を左右に振る。十和は懸命に嗚咽をこらえていた。

「俺が人間じゃなかったから……ショックで泣いているの？」

「ちが……そうじゃなくて」

これはきみの気持ちが痛くて……という言葉を呑みこむと、ラディクは十和の濡れているほおを手のひらで包みこんだ。

そっと十和の涙を指先で拭う仕草に、また胸が痛くなる。高熱で意識が朦朧としていたとき、同じように優しく口元で撫でてくれた。

「ごめんね、泣かせて」

申しわけなさそうに呟くラディクの言葉に、またどっと涙が流れ落ちていく。こんなときでも、彼は十和を気遣う。あふれそうなほどの優しさととても大きくて深い愛情でいたわるように。

「ラディク……」

何でぼくなの？

何でぼくのことをそんなに思ってくれるの？

きみはバカだよ。真実の愛を求めて死神に魂を売るなんて本当にバカだよ。

どうしてぼくなんだよ。どうしてきみなんだよ。どうして狼なんだよ。

じっと涙に濡れた目で見つめていると、ラディクが十和の肩に手をかける。

「部屋に入ろう。冷えてしまう。このままだと風邪がぶり返すから」

分院のなかに入り、奥のリビングへと入っていく。

ラディクが暖炉の火をつけている間に、十和はルドルフに『雪で立ち往生したけど、もう分院にもどった。明日、改めて連絡する』とパソコンからメールを送った。そうして淡々と作業をこなしながらもなおも涙が止まらず、肩を震わせている十和をラディクが後ろからそっと抱きしめる。

「ラディクの裸……見ていい？」

振りむき、十和はラディクのシャツに手をかけた。暖炉の前でボタンをひとつずつ外していく。すると、ラディクの腹部の二箇所に、うっすらと傷跡が残っていた。

「これ、ぼくが縫った痕だね」

「そう」

彼はこの傷を負ったとき、十和に恋をして、死神と契約したのだ。

本当なら、狼王子として幸せな狼としての生をまっとうできたはずなのに。

ラディクの口元にそっとキスをしたあと、十和は彼の前にひざまずいて、涙を流しながら、その腹部の傷痕に唇を這わせた。

「十和先生……」

ラディクに永遠の愛を誓おう。そうすれば、助けられるのだから。

「きみはぼくを好きになったから、死神と契約したの？」

そのままの姿勢で顔をあげ、十和はラディクに尋ねた。しかしラディクはどういうわけか突き放すような態度で否定した。

「違うよ」

十和は立ちあがり、ラディクの肩をつかんだ。

「うそだ。あの話、きみが語ってくれたあの話……あの第一王子というのがきみなんだろう？　あれが真実だろう？」

　十和の問いかけに、ラディクはなにも答えなかった。ただ冷たく、何の温度も感じさせないような、あの会議のときのような表情をしているだけで。

「教えてくれ。愛さないから駄目だと言っていたその理由、それはぼくがきみに真実の愛を抱いていないから、きみが人間になれないってことなんだろ。ぼくがきみに永遠の愛を誓わないから」

「そう……だとしたら？」

「やっぱり第一王子というのは」

「俺だよ。今、見たじゃないか。俺は狼だ」

「そして魂を運ばないといけない死者というのは、ぼくの義父さんなんだね」

「そう……」

　彼の本当の姿は人間でも狼でもなく、死神の使者。

「俺は彼に迎えにきた死神狼だと伝え、残りの人生を悔いのないよう生きるようにと言った。タイムリミットまであとわずかしかないが、その間に彼が現世に残した願いをひとつ叶えてやる。その代わり、タイムリミットがくるまでの間に、俺が十和先生のそばで働けるようにとりはからって欲しいと交換条件を出した」

「そう……だったのか」

「ハヴェル博士は、後悔を残したくない、罪を悔い改めたい、そして由希子と同じところにいきたい、それだけだと願っていたから、それならば多くの生き物を不幸にするような研究をやめろと言った」

「不幸にする研究？」

「そう、幸せにはなれない研究だ。狼王伝説の真実を暴いたところで、誰も幸せにはならない。むしろボヘミアの森にいる狼たちが実験材料にされて犠牲になる。そんな愚かなことはやめるべきだと言ったら、ハヴェル博士はその意味を理解し、悔い改めると言った。だからデータを破壊した」

「そしてその代わりにぼくの助手にと推薦してもらったのか」

「そう」

「きみの頭のなかの膨大な知識は……一体どうして」

「死神と契約してから、多くの魂をあの世に運んだ。そのたび、いろんな人の寿命や人生が映像や知識となって俺の頭のなかに入ってきた。そこから派生し、その人が読んだ書物や見た世界、経験したことが数珠繋《じゅずつな》ぎになって、俺のなかに知識となって入ってきた」

「でも……経験はしていない。写真で見た映像や、書籍で読んだ物語のように、経験を伴わないただの知識となって、きみの脳に刻まれているということか」

「そう。でもそれは知識という俺の仮面であって、本当の俺は、チョコレートの食べ方も知らず、シャワーの入り方もわからず、そしてあなたの愛し方もわからない、ただの赤ちゃん狼のままでしかなかった」

　ラディクはシャツのボタンを留めながらひとりごとのように言った。

「愛し方もわからないって……とても素敵な愛をくれたじゃないか」

「でもわかっていなかったことが今はわかる。契約したとき、ハヴェル博士は、俺の恋心を憐《あわ》れみ、もし十和先生が俺を愛してくれるならがんばってみろと背中を押してくれた。でも同時に面白いことも言っていた。真実の愛が何なのか、本当に理解したとき、俺ががんばろうという気持ちを失ってしまうだろうと」

　その言葉に十和はハッとした。

　そうだ、義父はそんなことを言っていた。ラディクが真実の愛の意味をわかっていないと。

「どういう意味で義父さんが言ったのか……きみはわかってるの？」

　震える声で問いかける十和に、反対にラディクが真顔で問いかけてきた。

「あなたはどうなの？　俺のすべてを知って……愛せるの？」

「何で……そんなことを訊くの？」

「前に言ったじゃないか。狼や木株だったら愛する自信はないって」

「そうだね、そう言ったね。でもあのとき、言っただろう？　一日一日、ラディクへの好きだという感情が進化していくって。今はもう迷わないよ。ぼくは」

　そう、永遠の愛を誓い、真実の愛を彼に与えれば、彼は人間になれる。それならなにを迷うことがあるだろうか。彼を無明《むみょう》の闇、永遠に彷徨う死神たちの世界から救いだすことができるのなら。

「本気で言ってるの？　俺は獣だよ」

「違う、違うよ、獣なんかじゃない、きみは……一人の人間と変わらない。ううん、人間以上に豊かな心の持ち主だというのがぼくはわかっているから」

　両の眼から涙が流れてくる。そしてこみあげてくる思いで胸がいっぱいになっていく。

「きみは……きみは……誰よりもすばらしい人間だよ。そんなきみがとても好きだ。大好きだから、愛を誓うよ。狼だろうと何であろうと」

　十和がそう言うと、ラディクは冷ややかな表情で視線をずらし、くるりと背をむけた。

「必要ない」

そう言ってラディクがキッチンへとむかう。

必要ない――？　予想もしなかった言葉に十和は呆然とした。

「どうして、必要ないって……どうしてそんなことを」

十和の問いかけを無視し、ラディクは冷蔵庫を開けて、なかからライスの入った箱とトマト、それから生クリームとキノコをとりだしていった。

「腹減っただろう、何か作るから。何日も大したものを食べていないから、いきなりヘビーなものを食べると身体に悪い。本当は日本式のお粥《かゆ》ってやつを作りたいけど、ここの食材だと作れないから、代わりにリゾットを作るよ。十和先生、好きだろう？」

「待ってよ、どうしたんだよ、ちゃんとぼくの言葉に返事してくれよ」

肩を揺すって問いかける十和を無視したまま、ラディクは手際よくライスを入れた鍋にトマトやキノコを入れ、火にかけてリゾットを作っていった。

「何で……無視するんだよ」

「その前に食べよう。いただきます、して」

ラディクはリゾットを皿に盛りつけ、スプーンを用意してテーブルに置いた。

「待って。今、ご飯なんて」

「早く食べよう。多分、これが俺の作る最後の料理になるから」

「え……」

「だって、十和先生、真実の愛なんて俺に抱いていないよ。十和先生は、かわいそうな動物を救おうとしているだけ。十和先生の気持ちはただの同情だから」

「……っ」

そんな……そんなことはない。そんなことはないのに。

「だから、俺は死神狼のまま。でもいいんだ、十和先生にそれを求めるのに疲れたから。それよりご飯を食べよう。十和先生、ちゃんといただきますをして」

うながされるまま、彼の前に座り、両手を合わせたあと、機械のように「いただきます」と呟いてリゾットにスプーンを入れる。

同情？　この気持ちは愛ではなく同情なのか？　そんなことはない。そんなはずはないのに。けれど彼が人間ではなく、死神狼のままだとすれば、これは愛ではないのか？

わからない。どうしよう。ああ、これが最後の食事になるなんて、どういうことなのか。混乱のまま十和はむかいに座ったラディクを見つめた。冷たい表情。愛を感じさせてくれていたときの彼とは違う。十和の前にいた彼はどこに行ったのか。どうしてこんな顔をしているのか。彼の作ったリゾットは、舌が蕩けてしまいそうなほどおいしいのに、それなのに涙が止まらない。

混乱と同時に焦燥がこみあげてきたそのとき、テーブルに転がったままになっている飴に気づき、十和は手を伸ばしてそれをとった。

「これ、もう一度、食べないか、一緒に」

飴を手のひらに乗せての前に差しだす。冷ややかな眼差しでいちべつし、ラディクがふっと嗤《わら》う。

「もういらないよ、飴なんて」

「食べてくれないの？」

「だから言っただろう、もうあなたに尽くすのは疲れたって。同情をもらっても人間になれないんだし、ハヴェル博士の魂を運んだら、別の相手をさがすことにする。同情ではなく、本当に心の底から愛してくれる相手を」

他の相手を？　他の相手をさがし、愛しあえたら、彼は人間になれるのか？

呆然としていると、分院のインターフォンが鳴った。

現れたのはルドルフだった。冷めた表情のまま、待っていたかのようにラディクが立ちあがる。

「ラディク、わかっていると思うが、もうタイムリミットだ」

入ってくるなり、ルドルフがそう告げる。

わけがわからず、十和は呆然とした顔つきで訊いた。

「え……タイムリミットって」

「十和もすぐにプラハにもどるんだ」

「プラハに？」

問いかけた十和の言葉に、ルドルフは暗い表情で言う。

「ハヴェル博士が危篤だ」


分院から出て、ルドルフの車に乗ってプラハ市内の病院へとむかう。

愛生が運転し、ルドルフが助手席、そして十和とラディクが後部座席に座った。車が進んでいる途中、ルドルフのスマートフォンを借りてダミアンに電話をすると、義父は持ってあと一時間ほどだと言われた。

「ついにタイムリミットがきた。ハヴェル博士の魂を運ばないと」

「……運んだら、きみはどうなるの？」

「それを十和先生に言うことはできない。死神の世界のルールに反する」

ラディクはそう言うと、車が信号で停まったときに後部座席から外に飛びだした。

「ラディクっ！」

「先に行く。時間がない」

次の瞬間、ラディクの姿がすっと白い狼へと変化し、そのままモルダウ川添いの河原へ進んでいく。とっさに車から降りて追おうとした十和をルドルフが止める。

「待て。おまえは車で行くんだ。ラディクの世界のルールには触れられない」

「ラディクの世界のルールって……」

「おまえが立ち入ることのできない世界だ。もうタイムリミットがきた。おまえとラディクはこれからは別の世界で生きていかなければいけない」

別の世界？　どうして。どうしてそんなことに。こんなにも愛しているのに。でもラディクは死神狼のまま。これが愛ではない、同情だとラディクは言う。けれど十和はこれが愛だと思う。

ラディクがどうしようもなく好きなのに。愛しているのに。

「ラディクは……じゃあ、ぼくと別れたあと、今度は別の人の真実の愛を求める旅に出るのか？」

十和は後部座席から身を乗りだしてルドルフに問いかけた。

運転をしている愛生がルドルフをいちべつし、その腕を肘でつつく。

「ルドルフさま、ちゃんと教えてあげてください。ペーターもみんな心配しているんですから。ラディクが幸せになるよう、十和先生にちゃんと」

「わかったよ。言うよ、教えればいいんだろう」

ルドルフはため息をついたあと、ふりむき、十和の肩をポンとたたいた。

「言っておくが、あいつはウソつきだ。あんな下手なウソつきはいない。あいつは旅になんて出ないから」

「ルドルフ……意味がわからないんだけど」

「死神狼の恋は、生涯に一度だけ。人魚姫と同じだ。愛する相手の愛が得られなかったら、泡になった人魚と。愛する相手の愛が得られなかった死神狼は、永遠に闇につながれただけのただの悪霊、いや、ただの死神となってボヘミアの森をさまよう」

あの森、そうだ鬱蒼としたあの森をそうした死神狼たちがさまよっているとラディクも言っていた。

「じゃあ……どうしてラディクは別の恋をさがすだなんて」

「自分で考えろ。あいつのつくウソのレベルなんて大したことがないんだから想像がつくだろう」

想像？　ラディクが何のためにそんなウソをついたのか。どうして十和をここにきて拒もうとするのか。その意味、その真意は？

（ラディク……ラディク……教えて。ちゃんとはっきり言って。愛しているって言ってくれたように、どうしてそんなウソをついたのかはっきり言ってくれ）

祈るような思いで後部座席で両手を合わせ、座っていると、ようやくプラハの病院に到着し、十和は急いで義父のいる病室へとむかった。廊下には誰もいない。医師も看護師の姿もなく、白く長く続いている廊下のむこうに、白い狼と一緒に並んで歩いている義父の後ろ姿が見えた。

「待って、義父さん、ラディクっ！」

義父と白い狼が振りかえる。義父は白い狼の肩をポンと叩いた。すると狼がふわっと人間になり、黒いスーツ姿のラディクに変わった。

ラディクの切なそうな眸と視線があう。誰よりも美しく若い男性。透明な青い眸に、さらさらとした金の髪。初めて見たとき、こんなに美しい青年がこの世にいるのかと思った。そしてあふれる知性。死神の使いとして、この世の理《ことわり》の外にいたからこその透明感、そして純粋さ。そこに安らぎをおぼえた。

彼は驚くほど現実社会の行動に対してはひたすら幼い子供のように無垢だった。狼だったときに食べられなかったチョコレートや飴玉に興味を持ち、人間になれたことでそれが食べられるようになって純粋に喜んでいる姿がどれほど愛らしかったか。

そして母狼に対する慈しむような眼差しとキス。彼に『大丈夫』と言われると、母狼も安心したような表情を浮かべた。彼は牧場主が言っていたような恐ろしい死神の使いではなく、生き物の生死を優しく見届け、その死を包みこむ存在。その生き方を彼は自ら選択した。十和への愛ゆえに。

けれどその愛が手に入る寸前に、ウソをついて手放そうとした。

その意味……それがラディクを見てやっとわかった。

「ラディク……ぼくも一緒に逝くよ」

十和の言葉にラディクが驚いたように目をみはる。

真実の愛とはなにかに気づいたとき、ラディクがそれを求めなくなると言った義父の言葉。ラディクがついたウソの真意。

「わかったんだ。真実の愛、永遠の愛とは何なのかが。だから、逝くよ。きみを愛しているから、きみと同じ場所に」

十和が微笑して言うと、ラディクが顔をこわばらせる。そんなラディクの背を義父が押しだす。

「ちゃんとすべてを話してきなさい。あの湖に先に行って、湖岸で待っているから。十和、私は幸せだったよ。おまえのこともダミアンのことも愛している。ダミアンとも話をして、ちゃんと私の真意を伝えた。理解してくれたよ、そしてフリーデとやり直すと誓ってくれた。だからもう思い残すことはない。今はただ由希子に早く会いたいだけだ。湖のむこうにいる彼女の姿がもう見えるんだ」

「義父さん、ぼくのほうこそあなたに心から感謝しています。母さんによろしく。どうか天国で二人仲良く」

十和の言葉を受けてすがすがしくほほえんで義父が消えていく。あの母狼のときに見た光にも似た一筋の光明となって。

残されたラディクは一人静かに十和に近づいてきた。

「十和先生、でもね、俺がイヤなんだ。十和先生を逝かせたくないんだ。あの世に一緒に行って、そして死神のところで永遠に死者として彷徨うことが十和先生の幸せじゃないということに気づいたから」

呆然とする十和を見つめ、ラディクは淋しそうに微笑した。

「連れていけない。連れていきたくない。あなたはここで獣医としてたくさんの動物を救って」

ラディクの言葉に十和は目を見ひらいた。

「愛とは何なのか、本当の愛、真実の愛が何なのかわかったとき、俺は十和先生をあきらめることになるとハヴェル博士もルドルフも言っていた。その意味がようやくわかったんだ」

ラディクの眸に涙が溜まっている。

「あなたが教会で熱を出したとき、あなたの寿命は尽きかけていた。あのとき、連れていけない、いっちゃいけないというのがはっきりわかったよ。あの熱は俺のせいなんだ。俺のせいであなたの寿命がどんどん短くなっていって、身体が弱って……もう尽きそうになっていた」

「そんなことないよ、それはラディクの思いこみだよ」

「違うよ。十和先生はわかっていないけど、実際にそうなんだ。だから苦しかった。十和先生と愛しあったあとから、十和先生の寿命が短くなっていくのがわかって。十和先生は俺を愛せば愛すほど、寿命が短くなる。俺に真実の愛を抱けば抱くほど、どんどん命の焔が消えていくのがわかって」

それがウソをついた原因だったのか。彼はやはりとても深く愛してくれていた――。

「俺がもう一度あなたを抱いたら、その命の火は消えてしまう。だからもう抱かない。あなたの命は奪えない。その手を取ることはできない。もうキスもできない。もう餡も一緒に食べられない。あなたが死ぬから」

「――っ」

「欲しかった、本当はずっと十和先生の愛が欲しかった。新婚のように過ごしていると、そのまま本当に俺も人間になって、十和先生と永遠に一緒にいられるんじゃないかって錯覚してしまいそうなことがあった。でも……でも、真実の愛はあなたを死神の仲間にしてしまうことだ」

「じゃあ、ぼくは本当に心底きみを愛しているんだね。もう寿命がないということは」

「そう、願っていた以上の深い愛であなたは俺を愛してくれている。それだけで充分だ」

「でもぼくは誓ってるんだよ、一緒に逝くって。きみを永遠に愛するって。それなら……」

「それを今度は俺が拒否するんだ。あなたからの永遠の愛を。だから愛の誓いは成立しない。次に目を覚ましたとき、あなたの寿命はもどっている。死神狼が運ぶのはあなたの魂じゃない」

「そんな……そんなことって。どうしてここにきて拒否するんだよ」

「ありがとう、十和先生。あなたを愛してよかった。でもあなたの愛はいらないんだ。さよなら」

ありがとう、さよなら。デュクイ・バーム、ナ・スフレダノウ。

その言葉が響いた瞬間、目の前からラディクが消えていた。

「――っ！」

そのとき、十和はまだ自分が車の後部座席に座っていることに気づいた。そしてちょうど車が大学病院の前に到着したことも。

「義父さん、ラディクっ」

今のは何だったのか。夢だったのか。十和は車を飛び出して、病院へと入って行った。

「十和さん。早く！　お義父さんに最期の挨拶を」

病室に入ると、ちょうど義父の心臓が停止したことを知らせるアラーム音が響いていた。

『湖岸で待っているから』と言った義父の言葉。

その湖がどこなのかすぐにわかった。ラディクが狼の姿になって十和を背に乗せていたとき、一瞬だけ立ち止まった場所があった。あそこだ。義父を看取ったあと、十和は病院を飛びだし、義兄に借りた車を運転してボヘミアの森へともどっていった。

「ラディク……ぼくもいくから。ぼくも……きみと一緒に……。逝くって決めたんだから、勝手にひとりで旅立つな。ぼくは……きみに永遠の愛を誓ってるんだから……拒んだりするな」

祈るように呟きながら、車を運転し、森のなかで雪にタイヤが取られたあとは、今度は自分の足で必死になって湖へむかっていた。

わけのわからないほどの激情、ラディクへの強い想い、絶対に手放したくない、失いたくないという想いに十和はとり憑《つ》かれていた。人を愛せない、冷めている、淋しさを埋めあわせているだけと言われていたことが信じられないほどに、今はただただラディクへの想いに突き動かされて、雪を踏み分け、髪も服もぐしゃぐしゃになるのもかまわず、途中でブーツが脱げたことにも気づかず、湖に向かっていた。どんなことがあっても彼の手をつかんで永遠に死神としてさまようことになっても一緒にいることを誓うために。

『欲しかった、本当はずっと十和先生の愛が欲しかった。新婚のように過ごしていると、そのまま本当に俺も人間になって、十和先生と永遠に一緒にいられるんじゃないかって錯覚してしまいそうなことがあった。でも……でも、真実の愛はあなたを死神の仲間にしてしまうことだったんだ』

そう告げたときの彼の顔が目の奥に焼きつき、思いだしただけで胸がきりきりと痛む。

息も絶え絶えに湖まで行くと、ちょうど真っ暗な湖面の中央に佇み義父を魂の境界の向こうに送るラディクの姿が見えた。月明かりがそれを照らしだしている。

「ラディク、一緒に逝くよ。ぼくを置いて行かないで。ラディク、待ってくれ」

十和の声が反響すると、ラディクが驚いて振りむく。そして絶望的な声で叫ぶ。

「何で……何できたんだ。この湖に来たらダメだ。あの世とこの世の境界なんだから。ここで愛を誓ったらすぐにあの世に逝くことになってしまう。もうあなたは二度と人間にもどれなくなる。だから来たらいけない」

ラディクの言葉に、十和は涙を流しながら微笑した。

「そうか、ここで誓えばいいのか。わかった、じゃあ、誓うよ」

「な……なに言ってるんだ、十和先生、ダメだから、誓ったらダメだ」

「一緒に逝こうよ。新婚のように、あの世で一緒にいちゃいちゃしながら過ごすんだ。きみが毎日ご飯を作ってくれて、毎日、いやっていうほど愛しているって言って、ぼくがどうしようもなくなるほどの快楽で抱いてくれたら、もうそれ以外はいらないんだから。それだけでいいから」

十和は薄氷のはった湖のなかに進んで行った。ラディクがいる場所まで。

骨まで軋むような冷たさのはずだが、痛みも冷たさもとっくに感じていない、ただただ彼を喪いたくないという気持ちだけに十和は突き動かされていた。

「こないで、十和先生、バカバカ、何で来るんだよ」

薄氷のなか、倒れかけた十和の身体をラディクは抱きあげた。

「凍りついてしまう。凍死したらどうするんだ」

切なそうなその眼差しが愛しい。彼の眸はとても豊かな色をしている。月明かりのなかで見ると、命を包みこむような優しい空や海の色をしているのだということがわかった。

「ラディク……」

たまらなくなって十和は彼の肩に手をかけ、その唇に唇を重ねた。

「ん……ん……っ」

触れあう唇と唇。ここにいるのは人間だ、死神ではない、こんなにもあたたかいのだから。そのぬくもりがただただどうしようもないほど愛しい。彼を愛しすぎて、彼から愛されすぎて、もう彼の愛がなければ生きていられないほど、十和にとってラディクはかけがえのない存在になってしまっている。ここが自分の居場所だ。もうこの腕のなかでしか生きていけない。失ったら生きていられない。

「永遠の愛を誓う。一緒に逝こう。きみと結婚したい」

「駄目だ」

有無を言わさずに答えたラディクの声が深閑《しんかん》とした湖に反響する。

「言っただろう。十和先生が好きだ。どうしようもないほど。だから連れていけない。俺と永遠の愛を誓ったら駄目だ。お義父さんの魂を一緒に運んだら駄目だ。俺と結婚したら、十和先生も死神になる。人間でないものになってしまう。そうして、永遠の時間を俺と一緒にさまようことになる」

「だけど……きみはそれがしたくて死神に魂を売って、契約したんだろう？」

ラディクは自分の胸に手を当てた。

「でも今はイヤだ。十和先生を好きになればなるほど、胸が痛い。苦しい。いてもたってもいられなくなって、わあっと叫びたくなって、ずっと一緒にいたいのに、十和先生を連れていくのが辛いんだ」

「何で辛いんだよ、ぼくは逝くって言ってるのに」

「それが愛だって……。わかったから」

「それが愛？」

「だから連れていけない。本当に愛しているからあなたを守りたい。それが俺の愛なんだ」

ラディクは淡く微笑した。清々しいほど澄んだ笑みだった。

彼の覚悟は決まっている。

「でも……でもそれならラディクはどうなるんだ。ひとりぼっちでずっと長い時間を生きていかなければならないんだぞ」

「長い時間というのが、果たしてどんなものかわからない。まだ生まれてそんなにたくさん生きていないから。でも……前の死神の記憶がここにある。そんなに大変なものじゃない」

ラディクは己の胸を指さした。

「いろんな人間の生死を見つめるんだ。忙しくて、淋しい思いをすることはなさそうだ。だから十和先生は自分の寿命を生きて。今は連れていけない」

そう言ってラディクはこれ以上ないほど幸せそうに、そしてさっきよりさらに透明な笑みを見せた。

「幸せだった、おかげで人間になれて、あなたを愛せた。ありがとう、十和先生。こんなところまで追いかけてきてくれて嬉しかった。最高に幸せだよ。だからもういいんだ。ずっと見守っている。そしてあなたがあの世に逝くときに、魂を運びにくる。だからそれまであなたの人生を生きて」

ラディクがそう言ったとき、すーっと彼の身体が湖の底に消えていくのがわかった。

このままだと彼を失ってしまう。絶望的な心の痛みに十和は泣きながら叫んでいた。

「駄目だ、駄目だ」

とっさに湖にもぐって、もがきながら彼の身体に手を伸ばす。今にも暗い湖底の底に呑まれそうになっている彼の腕をつかみ、渾身の力で自分に抱き寄せる。ひき離そうとする水圧に負けまいと死に物狂いで。

この湖の底があの世とこの世の境界線なら、絶対にそこまで沈めたりしない。それでも沈むしかないのならば、もろともに。消えていく運命ならふたりで。永遠に暗い闇のなかを彷徨うことになっても、ふたりが一緒なら幸せだから。そこには永遠に消えない愛があるのだから。そんな思いで十和は無理やり水面へと彼を連れもどした。

「離して。十和先生を連れていけない、生きて本当の愛を見つけて欲しい、たくさんの動物のために生きて。俺が迎えにくるときまで待っていて。俺は、あなたの最期のときに看取りにくるから」

「いやだ、永遠の愛を誓うから連れていって」

強い思いで手を伸ばして彼の背を抱きしめる。

「一緒に逝く、連れていくんだ、このバカ狼、ぼくの意思も尊重するんだ、愛しているなら」

そう訴えて、冷たい湖のなかで彼にくちづけする。

「愛しているなら？」

「そう、愛しているなら、ぼくの愛を受けとめるんだ。それも愛だから」

十和がそう言って、もう一度彼にくちづけしたとき、湖が激しく波打ち、ふたりは湖に呑みこまれていく。

「十和先生……死ぬんだよ、あなたも」

「それでいい、ずっとラディクと一緒にいる、ぼくのために死神の使いとなったきみの深い愛に応えたい、愛させてくれ」

そう、それでいい。そう思いながら、抱きあい、くちづけをかわすふたりを雪の湖がゆるやかに渦巻きながら包みこんでいった。


「……ん……っ」

もうあの世に逝った。

そう思ったのに気がついたとき、ふたりは雪の湖畔に倒れていた。

「十和先生……俺は……」

ふたりとも濡れてもいない。湖に入る前の服装で抱きあうようにして、湖畔に建った十字架の前に倒れていたのだ。

夜空からは青い月の光が降りそそいでいる。

ふたりは光を浴びながら半身を起こした。

そのとき、傍らにルドルフが立っていることに気づいた。その横には、白い狼になったときのラディクとそっくりの銀狼。

「ラディク、おめでとう」

ルドルフの言葉に、十和の横にいたラディクがはっとする。

「ルドルフさま……では」

「そう、永遠の愛を拒むことこそがラディク、おまえが人間になる鍵だった」

「……っ」

十和は大きく目を見ひらいた。信じられないものでも見るような眼差しで。

そしてそのとき気づいた。本当の伝説の狼王は、この同級生だったのだと。なぜなら、このときの彼の影が狼の形をしていたからだ。

「ラディク、野生の狼の王子として誕生したおまえが、十和を死なせたくない、自分のために犠牲にしたくないという人間らしい感情、人間らしい真実の愛を持ったから、生死を通り越えて人間になることができたんだ」

「人間らしい感情?」

「そう、そして今、ラディクは十和のそばで人間として生きられる生命を手に入れた。ただし、死神の使いとしての役目もあるので、十和のそばで動物たちの生死を見守り、そして魂を運ぶ時だけ狼になってしまうという条件つきだが」

そう告げて、ルドルフはその場を離れた。

残されたラディクは、十和をじっと見つめた。

「――あなたを拒むことが人間になる条件だったなんて。それこそが真実の愛だったなんて」

永遠の愛を誓う意味がようやくわかった。

それは相手への愛、本当に大切な者を幸せにしたいという気持ち。それが真実の愛であり、そのために自分をかえりみないことが永遠の愛を手に入れるキーワードだったのだ。

ふたりがそれを命がけで実践しようとしたとき、ようやく人間と狼、人間と死神という異類の枠を超えて、真実の、そして永遠の愛を手に入れることができたのだと悟った。

エピローグ

雪をまとったプラハ城のはるか上空に一番星が光ったかと思うと、満天の星が煌めきはじめ、ライトアップされたプラハの街がすっぽりと美しいプラネタリウムに包まれたようになっていた。

「十和先生、このタペストリーに描かれている狼が俺の弟のペピークなんだ。俺の代わりに異世界にトリップして狼王の元で活躍した。この物語を守ることは俺にとって家族を守ることなんだ」

十和のため、狼王子としてラディクの代わりに異世界にいった弟。そんな弟への彼の愛。そして実は狼たちの存在を守っているルドルフの謎も含め、謎を解明しなくてよかった。

美術館に行き、そこにずらりと展示されている『ボヘミア叙事詩』に描かれている狼王のタペストリーを見たとき、本当に心の底からそう思った。狼にも人にもなれる狼王が愛する預言者とともに平和な王国を作っていくという夢のような物語。たとえ両方の遺伝子を持つ人間が存在したとしても、解明することだけがすべてではない、夢は夢のままでいい。そんなふうに思いながら十和はラディクと手をつなぎながら美術館を出て、美しいイルミネーションに包まれたクリスマスマーケットへと向かった。いつのまにかまた雪が降りだし、あたりを白く染めている。

ふたりでからくり時計を見て笑ったり、ぱりぱりとチョコレートを割って食べたり、聖堂前のミサ曲の合唱を聞いたりしながら、結婚式を挙げるため、ミュシャのステンドグラスのある教会へとむかった。ふたりとも正装して。

「今度こそ、本当に十和先生と新婚生活が送れるんだね。ああ、それにしても夢みたいだ、十和先生の大好きなミュシャのある教会で、結婚できるなんて」

「そうだね、きみの名字と同じミュシャのステンドグラスに見守られながら愛を誓うんだよ」

十和が笑顔で言うと、ラディクが「え……」と気まずそうな顔をして眉間にしわを寄せた。

「どうしたんだ？」

「え……あの……俺の名字は……何もなくて……。あ、まあ、いいや、もうムハで。ルドルフさまが年明けにパスポートや住民登録に協力してくれるって言うから考えないといけなかったんだけど、もうムハってことにする。もう少しかっこいいのにしてもよかったけど」

「えっ、じゃあ、何でムハって名乗ったんだよ」

「それは……十和先生が好きだって言ったから。好きなものと同じ名字になりたいと思って。少しでも喜んでくれるかなと期待して。ちょっとだけ嬉しかったよね？　笑顔になっていたから」

無邪気に言ってほほえむラディクに、十和はやれやれと苦笑した。

「きみは……ずっと変わらないね」

「変わらない？」

「そう、初めて会ったときからずっとずっと」

いつもそうだった。十和が喜ぶ顔が見たい。十和を笑顔にしたい。こうすればきっと十和が嬉しいに違いない。十和に幸せになってほしい——と。

ラディクはずっと変わらない。いつもいつも十和の幸せや十和の喜びを優先し、まるで信仰のように一途に、そして一生懸命、そのためにがんばろうとする。

最後の別れを告げる直前まで、おいしいリゾットを作って、十和の弱っている身体を元気づけようとしてくれたと思うと、たまらなく胸が痛くなって、これから先、どんなふうにラディクを愛せばいいのか、どれだけの思いをラディクにむければいいのか――人間の生きている間の寿命では、それを表す時間が足りないのではないかと思うほど、ラディクが愛しくてどうしようもなかった。

（だからルドルフに言おう。ラディクはとうに人間の心を持っていたよ、と。最初から人間になれるだけの優しさ、思いやり、愛を持っていたんだって）

教会に入り、ミュシャのステンドグラスの前まで行くと、十和は彼の手をにぎり直して、そのほおにキスをした。

「大好きだよ、ラディクが本当に大好きだ。毎日毎日言い続けるからね」

「それなら俺だって負けない。十和先生が大好きだ、好きで好きでどうしようもない。毎日、ううん、毎朝毎晩、目が合うたびに言い続けるから」

蒼い眸を細め、十和に手を伸ばしてラディクが額の火傷の痕に触れてきた。ひんやりとした指先。そっと撫でるように髪をかきあげられると、また眸に涙がにじんでくる。そんな十和を見つめながら、ラディクがそっと唇にキスをしてきた。

「大好き、十和先生。大好きだから、ずっとずっと一緒にいてね」

「ああ、ラディク。永遠の愛を誓うよ。命のあるかぎり、ふたりで歩いていこうね」

「どこへ？」

「幸せな未来へ」

十和の言葉に、ラディクの眸から涙が流れ落ちていく。

「ありがとう」

「ありがとうと言うのはぼくのほうだよ。ラディク、愛をありがとう」

生きて、こうして寄り添えることに感謝して、ふたりで優しく甘い生活を送って、幸せな未来を築いていこう。それ以外、なにも必要ないから。

豊かな色彩、やわらか線を描いた魅惑的な美しいステンドグラスを見あげ、彼と手をつなぎ、そしてそっと唇を重ねる。

とてもあたたかな唇。そこから優しいぬくもりが広がっていくのを感じながら、十和は彼の背に腕をまわした。

この奇跡的な愛を、永遠に手放さないと決意しながら。

月を宿した美しい色彩のステンドグラスの光が十和にもラディクにも自分たちふたりを祝福しているように感じられ、幸せでどうしようもなかった。

あとがき

こんにちは。この度はお手にとっていただき、ありがとうございます。

今回は、チェコを舞台にした「獣医師と狼王子」の甘くて可愛いメルヘン風味を目指しました。「鶴の恩返し」「雪女」やや「人魚姫」な攻という感じでしょうか。ラディクは珍しいタイプの攻ですが、すごく書きやすくて、書くのが楽しい攻だったので、読んでくださった方にも彼の言動を一緒に楽しんで頂けたら嬉しいです。一応、単品でも読めるお話にしましたが、狼王の二冊と世界観が同じで、ラディクの兄弟狼くん達が出てきていますので、ご興味がおありでしたらそちらもよろしくお願いします。

ｙｏｃｏ先生、今回もとても芸術的でチェコの空気が感じられる素敵なイラスト、本当にありがとうございました。十和《とわ》も狼もこれまでのキャラも全てイメージ以上で大好きですが、ラディクは特にｙｏｃｏ先生にビジュアル化して頂けて本当に幸せです。担当様、今回も地獄のような進行でご迷惑をおかけして申し訳ありませんでした。お優しさに甘えてばかりですが、いつも心から感謝しています。これからもよろしくお願いします。

読んでくださった皆様、幸せで甘くて、少し恥ずかしい二人を目指しましたが、いかがでしたか？　少しでも楽しんで頂けましたら嬉しいです。

CROSS NOVELSをお買い上げいただき
ありがとうございます。
この本を読んだご意見・ご感想をお寄せください。

〒110-8625
東京都台東区東上野2-8-7　笠倉出版社
CROSS NOVELS 編集部
「華藤えれな先生」係／「yoco先生」係

CROSS NOVELS

死神狼の求婚譚
愛しすぎる新婚の日々

著者
華藤えれな

2017年5月23日　初版発行　検印廃止

発行者　笠倉伸夫
発行所　株式会社 笠倉出版社
〒110-8625　東京都台東区東上野2-8-7　笠倉ビル
[営業]TEL　0120-984-164
FAX　03-4355-1109
[編集]TEL　03-4355-1103
FAX　03-5846-3493
http://www.kasakura.co.jp/
振替口座　00130-9-75686
印刷　株式会社 光邦
装丁　斉藤麻実子〈Asanomi Graphic〉
ISBN 978-4-7730-8851-9
Printed in Japan

CROSS NOVELS